TAKE
SHOBO

# 聖爵猊下とできちゃった婚!?

## これが夫婦円満の秘訣です!

藍杜 雫

*Illustration*
ウエハラ蜂



蜜猫
MitsuNeko

# 聖爵猊下とできちゃった婚!?

## これが夫婦円満の秘訣です!

contents

イラスト／ウエハラ蜂

# 聖爵猊下とできちゃった婚!?

## これが夫婦円満の秘訣です!

*Seishaku Geika to DEKICHATTA-KON!?*
*Korega fūfuenman no hiketsu desu!*

# プロローグ　告解室での情事のあとで

聖殿の狭い告解室には、ハルカの喘《あえ》ぎ声が淫らに響いていた。

「んっ、ああ……は、ぁあ……ンン……ッ！」

快楽に身を揺らし、黒髪を振り乱すと、翼持つ聖獣レアンディオニスの影像が目に入る。

その瞬間、聖域で、快楽に溺れるような淫らなことをしているのだと思い知らされ、背徳感に苛《さいな》まれる。

なのに、その背徳感こそが、ハルカの快楽を増す刺激になっていた。

――聖域の片隅で、こんなふうに性戯に耽《ふけ》っているなんて……。

いまでもハルカは信じられない。これまでのハルカを知る人が知ったら、誰もが冗談だと思うだろう。

「あっ、アレク……足が、崩れ、そう……もぉ……ひゃぅっ」

ハルカは鼻にかかった声で、自分を背後から貫いている相手に『もっと』と強請《ねだ》った。

アレク――アレクシスはこの聖なる場所の主で、赤の聖爵猊下《げいか》などと呼ばれている。

ハルカが暮らす聖ロベリア公国は聖獣レアンディオニスを信仰する宗教国家だ。

法王猊下を頂点に、その下には聖爵と呼ばれる高位の聖貴族が存在し、国を治めている。

聖ロベリア公国にたった七人しかいない聖爵。

そのひとりとなにをどう間違って、こんな人目を憚《はばか》るような淫らな遊戯をする羽目になったのか。

ときおりハルカは自分のしていることが信じられなくて、これは全部夢じゃないかと思うことがある。

——でも、違う……アレクに抱かれてもいいと、わたしが決めたんだもの。

ふぅ、と悩ましい吐息を零《こぼ》して、ハルカは湧き起こる震えに、ぶるりと双丘を揺らした。

アレクシスと関係を持って、もう半年近くになる。

いくら独身だと言っても、互いに身分ある身だ。結婚をしていない男女が情欲を交わすのは、聖ロベリア公国では醜聞になる。

当然のように、ハルカとアレクシスの関係は誰にも秘密だった。

狭い告解室で、上半身は胸を露《あらわ》にし、立ったまま後ろから貫かれているなんて、まるで獣のごとき所業だ。

家族にでも知られたら、ハルカは家の恥さらしだと罵られるだろう。

聖なる場所を汚した娘として。

——でも、聖殿なんて汚れてしまえばいい……そこにいる聖職者だって、清廉潔白でもなんでもないんだから……。

自暴自棄になって、そんなことをも思う。

聖殿を汚すという背徳に、ハルカは半ば酔っていた。

「ん、あぁ……ン、はぁ……あぁんっ……も、本当に……無理……あっ、あぁっ！」

アレクシスの肉槍が鋭角にハルカを突きあげると、これまでにない快楽の波が大きくうねった。

びくんと体内で肉槍が震えて、白濁とした液を射出される。

——もう、意味がないことなのに……。

そう思いながら、心地よい真っ白な恍惚《こうこつ》にハルカの意識は呑《の》まれていく。

ふぅっと意識がなくなる瞬間、壁についていた手が力を失い、身体が崩れる。

重たいペチコートを身につけたままだから、ハルカの体重だけじゃなく、その重さもいっしょに地面に墜《お》ちていく——そのはずが、しっかりとした腕に支えられる。

アレクシスは色男めいた雰囲気を漂わせているが、背は高いし、大人の男の逞《たくま》しい身体つきをしている。

スカートごとハルカを支えるなんて、造作もないことなのだ。

それがいつも少しだけ悔しくて、それでいて、ほっとさせられる。

彼の手に身を委ねてほっとする瞬間が、自分がこの男に絆《ほだ》されかけていると感じる瞬間でもあった。

† † †

情事を終えたあとで、汚れた身体を綺麗《きれい》にするのは、狭い告解室ではなおさら難しい。

この聖殿に住んでいるアレクシスは気にならないようで、精液を手巾で拭ったあとは、トラウザーズの前を閉めるだけで、シャツの前をはだけた格好のままだ。

明るい茶色の髪が、ランプの明かりで金色に光り、白い上着と相俟《あいま》って豪奢《ごうしゃ》な印象を与える。

華やかな相貌をしたアレクシスは、自分で自分のことがよくわかっているのだろう。

長く伸ばした髪を赤いリボンで後ろに束ねて、金糸の縁飾りがついた華麗な服をいつも纏《まと》っていた。

「ねぇ、ハルカ。コルセット、締めてあげようか?」

「ん……お願い」

アレクシスの申し出に、ハルカは小さくうなずく。

この情事をはじめてから、基本的に身の周りのことを自分でやっている。

身分あるものの嗜《たしな》みとしてコルセットを身につけているけれど、ひとりで脱ぎ着ができるような、前で紐《ひも》を締めるタイプのものを身につけていた。

それでもいつのまにか、情事のあとは、アレクシスがハルカの身繕いを手伝うのが通例のようになっている。

さっき自分の手で緩めた編みあげの紐を長い指先に絡め、アレクシスは器用に結び目を作る。

そのときの彼の指を見ているのが好きで、ハルカはじっとされるがままになっていた。

「できたよ。これでさっきまで淫らに喘いでいたキミとは別人のようになった。お堅いご令嬢のできあがりだ」

くすくす笑って、アレクシスは黒い制服のボタンまで留《と》めてくれる。

こういうところが変な人だとハルカは思う。

聖爵などという高い身分にありながら、彼は情婦のコルセットの紐を結び直すのを明らかに楽しんでいた。

「誰だって、情交の気配を残したまま、人前に出たりなんてしないでしょう。アレクこそ、シャツの前ボタンくらい留めたら？」

自分だけ世話をされたのが妙に気恥ずかしくて、ハルカも無理やりアレクシスのボタンに手をかけた。

ぷちん、ぷちんとボタンを嵌《は》めて、アレクシスの服装がきちんとしていくうちに、この情事の終わりが近づいているのを感じる。

「ちょっとだけ……話をして、いいかしら？」

ボタンに視線を落としたまま、ハルカは話を切り出した。

こういうのは、卑怯《ひきょう》かもしれない。

ちゃんと、目を見て話すべきかもしれない。

そうわかっていても、きちんと向き合って話す勇気が、どうしても持てなかった。

——でも、いつまでもごまかしていても……無理。時間がなくなってしまう。

ボタンから手を離し、右手で自分の下腹部を確かめるように撫《な》でる。

「ハルカ？　どうかしたのか？」

沈黙からなにかを察したのだろうか。アレクシスが気遣わしげな声を出した。

こういうところも、ハルカには意外だった。

遊び人だという噂《うわさ》の赤の聖爵は、もっと女に対して淡泊で、使い捨てるような男だと思いこんでいた。

当初、想像していたような遊び人ではないと知ってしまったいまでも、口にするのは躊躇《ためら》われる。

アレクシスはとまどうハルカの黒髪に長い指を挿し入れて、慰めるように梳《す》いてくれる。

女の扱いに慣れているだけかもしれない。でも、ハルカの不器用な心は、その指に弱かった。

——どちらにしても、いまこの時を逃したら、言えないかもしれない。

ごくり、と緊張のあまり、生唾を呑みこんで、ハルカは重たい口を開いた。

「子どもが……できたみたいなの」

たった一言。

このたった一言を口にするのが怖くて、この一週間、ハルカはよく眠れなかった。

生理が来ていないことに唐突に気づき、いつから来ていないのだろうと指折り数えたあとのことだ。

身分を隠して街の産婆の元に出向き、脈を診てもらったところ、妊娠三ヶ月だと伝えられたのだ。

ショックだった。

子どもができるような行為をしておきながら言うのもどうかと思うけれど、正直な気持ちを吐露するなら、驚きしかなかった。

後頭部を大岩で殴られたような心地で産婆の家を出た。街で馬車を捕まえ、ふらふらと大学寮の自室に戻ってから、さぁ、どうしようと思った。

子どもの父親はアレクシスしかいない。

ほかの男と子どもができるような行為をしていないのだから当然だが、すぐに伝える気になれなかった。そのくらい、動揺していた。

だって、これまでハルカは、ずっと淑女としての決まりごとを守ってきた。

長く全寮制の女学院にいたせいもあるが、人前ではしたないことは言わないし、親の言いつけを守り、男の人とふたりきりで話すようなこともしなかった。

アレクシスと秘密の関係を持つまでは。

——結婚をしてもいないのに、子どもができたなんて……。

身分ある令嬢としては、もちろんありえない。

相手が聖爵であればなおさら、どこかの新聞記者に知られたら、大変な醜聞になるはずだ。

そんな事実を、アレクシスにどう伝えたらいいのか、思い悩むのは当然だった。

いっそ顔を見ないで、電話で伝えられたらどんなに楽だろうと思い、何度か受話器を手にしては止めた。

電話という新しい連絡手段は、交換手を通じて、遠方にいる人と簡単に意思を通じ合える。便利だが、交換手に話を聞かれる可能性があるという噂があったから、秘密の関係を知られる危険を冒すわけにはいかなかった。

アレクシスが噂どおり遊び歩いているなら、女から電話が来て、

『子どもができたから責任をとって！』

と言われたことが何度かあるかもしれない。

しかし、ハルカ自身も秘密が露見して醜聞になるのは嫌だったし、やっぱりこういう大事なことは、きちんと言葉で伝えるべきだと思ったのだ。

どきどきと自分の心臓の音が高鳴って、うるさい。

ようやく口にできてほっとしたけれど、彼がどんな反応をするかと思うと、怖い。ハルカは唇をきゅっと固く引き結んだ。

アレクシスからの返答がない。

髪を撫でる指も固まったまま。

その沈黙が永遠の拷問のように感じて、ハルカは息をすることもできない気がした。

――別れるなら別れるって……早く言って。

そんなふうにも思う。

なにかを決めないと、この沈黙は終わらなくて、またハルカはよく眠れない日々を煩うことになる。

たった一週間でも辛かったのに、またそんな日々を送ることが、いまのハルカには耐えられそうになかった。

「わ、別れても、いいわよ……わたし……」

俯《うつむ》いたまま口にしたのとほとんど同時に、この場には違和感を覚えるほど、うきうきとしたアレクシスの声が頭上から降ってくる。

「そうか、やっと子どもができたのか……あ、ということは結婚式だな！　早く式を挙げないとお腹《なか》が大きくなるだろうし……いや、待て。先にウェディングドレスを注文しないとダメか？」

「は？　アレク……なにを言って……」

どんな言葉をかけられると想像していたのかと聞かれると困るのだが、彼が口にした言葉は、ハルカの思っていたものとは違っていた。

そのせいで、まるで異国の言葉を話されたときのように、なにを言われたのか、まったく頭に入ってこなかった。

頭のなかを疑問符で埋め尽くしたまま顔を上げる。

すると、アレクシスはまだぶつぶつと訳のわからないことを呟《つぶや》いていた。

「いまからウェディングドレスを作らせるのだと、全部手作りは無理だろうから、既製服のドレスのサイズ直しをしてもらうしかないな。あ、いや待て。その前にハルカの実家で用意してないか、聞いてみたほうがいいか？」

「……アレク？　ちょっ、ちょっと待って。まずは、わたしにわかる言葉をしゃべっていただけないかしら？」

――なんで、わたしの実家が出てくるのよ？

話がまったく噛《か》みあっていない。

その上、『実家』という言葉に、どきりとさせられてしまう。

「まさか、わたしの実家に……本当に行くの？　妊娠したって知らせるの？」

不安そうな声でアレクシスに問いかける。

冷静に考えれば、彼の言っていることは至極まっとうなことだとわかる。

でも、ハルカは彼との情事を実家に知られるのが怖かった。知られたくなかった。

「それは当然だろう？　結婚するのに、キミの祖父になにも伝えないわけにはいくまい。いや、順番的にはキミのご両親に申し入れるのが先だな……うん。明日の朝一番の汽車に乗って、挨拶に行こう。その間に式の準備をさせて……」

アレクシスの頭のなかでは、どうやら結婚と、そのためにハルカの実家への挨拶は決定事項らしい。

頭の巡りの悪いハルカは、ようやくその事実に思い至り、半ば茫然《ぼうぜん》とした。

——もしかして……いいの？　本当に？

ハルカが抱くような迷いととまどいを、アレクシスは一切感じていないのだろうか。

それがどうしてもわからない。

「アレクは本当に……本当にわたしと結婚するつもりなの？」

そう問いかけるハルカは、たぶん思い詰めた顔をしていたはずだ。

家をなくした迷子の子どもが、ようやく家ができたよと言われたら、こんな気持ちだろうか。

それくらい、ハルカはとまどっていた。

迷いのないアレクシスの決断を理解できなかった。

「当然だろう。私はキミに求婚したし、キミは条件付きでそれを受け入れた。条件を満たしたいまとなっては、契約は決定事項だ。不履行はできない」

きっぱりと言い切られ、ハルカの口からは反論の言葉ひとつ出てこなかった。

「子どもができたら、私と結婚してもいい——それがキミの条件だったはずだろう?」

「そ、それはそう……なんだけど」

まさか現実になるとは思わなかった。本当のところ、そんな提案をしたときのハルカは、きちんと現実として考えていなかったのだ。

さらに言うなら、子どもができたあとで、絶対にアレクシスはごねると思っていた。

彼としてはただ都合よく女と遊びたかっただけで、ハルカと本当に結婚する気はないのだろうと。

実際には、アレクシスがごねることはなく、結婚もする気満々のようだ。

むしろ、ハルカが途方に暮れている。予想外の展開に驚くあまり、ぱくぱくと口を開いては閉じて、呆気にとられた顔をしていた。

一方のアレクシスは、やっと念願の玩具《おもちゃ》を手に入れた子どものように、満面の笑みを浮かべて、ハルカの腰に手を回した。

「結婚式は盛大にやろう。カイルに聖典詠唱《オラトリオ》を謡《うた》わせて、法王猊下にも参列をお願いしようか」

念を押すように言うと、それが契約の証《あかし》だったのだろうか。
彼は首を傾けて、抱きしめるようにして、ハルカの唇にキスをした。
そのキスはやさしくて甘くて――。
ハルカがいままで味わったことがない極上のキスだった。

# 第一章　聖爵からの突然すぎるプロポーズ⁉

話は少し前に遡《さかのぼ》る。

その日、ハルカ・ローレシアア・ラクロンドは旧友のソフィアを訪ねていく予定だった。

自身が籍を置く聖エルモ女学院大学部――略して、聖エルモ大学が長い試験休みに入る直前に、招待状が届いたせいだ。

『親愛なるハルカ、元気にしていますか？　そろそろ休みに入ると言っていたと思うけれど、間違っていたらごめんなさい。もし、時間があるようなら、セント・カルネアデスに遊びに来ませんか？　とても素敵な催しをする予定なので、ぜひハルカにも見てもらいたいの！

――貴女《あなた》の心からの友ソフィアより愛をこめて』

手紙には彼女の近況も多々綴《つづ》られていたが、要約すると、そんな内容が書かれていた。

ソフィアは同じ女学院のルームメイトで、彼女が結婚するおり、ハルカは少しだけ手助けをした。

そのお礼をしたいから、是非遊びに来てほしいという誘いの言葉と近況が、三枚もの便箋に生き生きとした筆致で綴られていた。

ちょうど聖ロベリア公国は春の祝祭の時期で、家に戻るのもどうかと思っていたところだ。

なにせ、春の祝祭は聖殿では大きな行事で、盛大に祝われる。

そんな楽しい祝祭の期間に実家に帰り、祖父からあれやこれや言われながら見合いでもさせられるのかと思うと、気が滅入《めい》ってしまう。

どうしようかと悩んでいたところだから、彼女の申し出は渡りに船だった。

友だちのところへ行くというのは気が楽だし、手紙を読んだら、久しぶりに彼女と話がしたくて仕方がなかった。

特別な催しというのも心惹《ひ》かれるし、もし、聖殿の行事が忙しくてソフィアが相手をしてくれなくても、聖殿の行事を楽しめば、退屈しなさそうだ。

そんな算段の果てに、ハルカはまる五日間、汽車に揺られることとなった。

「今回の旅はなにごともなく終わりそうだわ……」

車窓からセント・カルネアデスの街並みが見えてくると、ハルカはほっとしてしまった。

以前、汽車の大きな事故に遭遇したことがあり、丸一日、事故現場に足止めを食らうという大変な日に遭ったことがあるのだ。

「そういえば、あれはソフィアのための用事で、でかけたときだったわね」

親友のためにハルカが骨折りしてあげようと実家に帰省したときのことを、ハルカは目を細めて思い出す。

ハルカは汽車の旅が好きだ。

大変な目に遭ったことも、時間が経《た》ってしまえば笑い話にできる。

だから、実家に帰省するときもいまも、長い汽車旅を苦痛に思ったことはなかった。

そんなことを考えているうちに、青の聖爵が統治する地方の市都セント・カルネアデスの駅に汽車が着いた。

汽車が停車したとたん、降車の客が慌ただしく動くのに紛れて、ハルカも帽子を被り、大きなトランクを抱えてホームへと降りる。

セント・カルネアデスは巨大な駅で、外に出るのに手間取ってしまったが、どうにか駅前のロータリーに出ると、快晴の青空がハルカを出迎えてくれた。

「ああ、今日は馬車に乗るのにも最高の上天気ね！」

いい兆しに気分をよくしながら馬車を捕まえると、ハルカは窓を開けた。

街中であっても、吹き抜けてくる春の風が心地よい。

田舎と違って市街地は石畳が整備されており、土埃《つちぼこり》もあまり立たないため、風がよりさわやかに感じられた。

「セント・カルネアデスも久しぶり……あいかわらず綺麗な街だわ。ソフィアの旦那さまがちゃんと統治しているおかげね」

目抜き通りの両側に建つ、石造りの建物は、すべてが四階建てになっており、整然とした街並みは美しい。

汽車が通っている街というだけではなく、セント・カルネアデスの石畳の通りにはガス灯が整備され、近代的な繁栄が見てとれた。

その道はすべて、中心に座する聖殿へと向かっており、精緻な浮き彫りが施された堂々たるファサードがどんどん近づいてくる。

青の聖爵が治めるセント・カルネアデスの聖殿だ。

わずかな階段を上り、大人の身長の三倍にもなる大扉を通り抜けると、大聖堂の巨大な空間がハルカを圧倒した。

「わぁ、すごいわ……何度見ても、やっぱり……ここの聖殿も素敵……」

ハルカは、ほかの聖殿の大聖堂もよく知っている。

どこも似たような造りをしており、ファサードから入り口に入ってしばらくすると、巨大な身廊がある。

それでも、大聖堂の身廊へ足を踏み入れるたびに、ハルカの胸は感動で震えるのだった。

射《さ》しこむ光に導かれるように顔を上げれば、いくつもの柱が連なるように弧を描いており、天窓からの光が無数の柱に複雑な影を作っていた。

幾何学的な柱が美しいのと、空間の広がりに圧倒されるのと。

聖殿の身廊の下に立つと、誰もが頭を垂れて祈りを捧《ささ》げる気持ちがよくわかる。

ちょうど市民に解放されている時間だったようで、高い天井を持つ身廊では、無数の人々が祈りを捧げていた。

その、人々の祈りを横目に見つつ通り抜ければ、正面にそそり立つ荘厳なステンドグラスから色とりどりの光が降り注ぐ。

聖獣レアンディオニスの羽の色を表しているのだろうか。青に赤、緑に黄色と七色の光を浴びて、祭壇の奥へと歩いていく。

「ふふふ……気になるけど、大聖堂や聖殿の浮き彫り《レリーフ》を見て回るのは、またあとにしましょうか」

大聖堂の美しさに後ろ髪引かれる心地で、ハルカは祭壇の右手側にある扉へと近づいた。

大聖堂と呼ばれる祈りの場と、聖爵が暮らす城館の間には扉があり、門番ならぬ、扉番をしているのだろう。修士の少年が扉の前に立っていた。

「いいかしら。青の聖爵の奥さまソフィアに、ハルカが来たと伝えてくださる?」

黒い制服にコートを着たハルカはボンネットの帽子を被ったまま、旅行鞄《かばん》を手にしたままで、気取った口調で尋ねた。

若奥さまとなった友人のところへ制服姿の女学生が尋ねてくるのは奇妙かもしれない。

——素性を詳しく聞かれるかしら？

それだと、少しだけ困るかもしれない。そんな不安を覚えつつ、返事を待つ。

しかし、どうやらハルカが来ることは、扉番の修士に知らされていたようだ。心配は杞憂《きゆう》だったらしく、すぐに奥へ通された。

聖殿とひとくくりに言っても、その広大な敷地は、祭壇や身廊がある大聖堂と、聖爵が暮らす城館とに分かれている。

日中、祭壇のある大聖堂は祈りの場として開かれているが、その奥は国に七人しかいない高位聖貴族である聖爵を守るためだろう。高い城壁が聳《そび》え、物見の塔まで備えていた。

回廊を通り抜け、城館の二階にあがったハルカは、ようやく懐かしい顔と再会できた。

「ハルカ、よく来てくれたわね！　会えてうれしいわ！」

案内してくれた修士の少年が扉をノックし、応答を経てなかに通されたとたん、白金色の波打つ髪を揺らした美少女が弾《はじ》かれたように飛んできた。

その勢いのあまり、ハルカは扉のところで脱いでいた帽子を、思わず取り落としそうになってしまった。

「ソフィア！　久しぶりね！　いつ以来かしら……なかなか学院に遊びに来てくれないし、ほかのみんなも卒業していくしで、友だちがいなくなってしまったわ」

少女が抱きついてきたのを受け止めて、顔を寄せたまま言葉を交わす。

ハルカは学院では変わり者だと思われていたが、ルームメイトだったソフィアとは仲がよかった。

八年近くいっしょに過ごし、本当の姉妹のように、なにもかも打ち明けてきたのだ。

「さすがに聖エルモ女学院までは遠いわよ！　それにハルカは大学部に進んだのですって？　その……いいの？　だってお見合い……」

「いいのいいの。どうせ大した話じゃないわ。それより久しぶりのソフィア！　かわいい！」

申し訳なさそうな友人の言葉を遮ると、ハルカは細い身体をぎゅっと抱きしめた。

顔を寄せると、ソフィアの白金色の髪からは、ふわりと甘酸っぱい香りが漂う。

聖エルモ女学院という名が示すとおり、学院には女の子しかいなかった。

貴族や裕福な商人の令嬢が預けられており、厳しい躾《しつけ》で知られている。

遠隔の島にあり、身の安全は保障されていたが、家族や世俗と切り離されて、淋《さび》しかったのだろう。

女の子同士で、互いの身体に触れるのは日常的なことだった。

ソフィアがいなくなるまでは、だが。

――人の温《ぬく》もりって、いいものだわ……。

旧友との抱擁をぎゅっとハルカが満喫していると、

「おい、おまえの妻は同性愛者か？」

あきれ返った声がして、ハルカは我に返った。

ソフィアの夫君、青の聖爵たるカイルは女同士のこういうやりとりに口を出す性格ではない。それはわかっている。

まだソフィアを腕に抱いたまま、首を巡らせると、そこにはカイルだけではなく、煌《きら》びやかな相貌の青年が立っていた。

「カイル、この娘はおまえの妻のなんなんだ？　外に作った内縁の妻か？」

金糸の刺繍《ししゅう》が施された白い長衣に、明るい茶色の長い髪を赤いリボンで束ねている。

少し垂れ目だが、まるでどこかの絵画から抜け出してきたかのような美丈夫だ。

この聖殿の主、カイルは黒髪に青い目の涼しげな顔立ちをしているから、ふたりが並んでいると、まるで太陽と月の化身のようにも見えた。

カイルは白い聖職者服を着た青年の言葉に、苦い顔になっている。

「妻の妻とか、そんなわけがあるか……彼女の学院の友だちだ。失礼なことを言うな、アレクシス」

あきれ果てたカイルの口調は険があったが、アレクシスと呼ばれた青年は気にするふうでもない。

一歩、ソフィアと身を寄せたハルカのほうへ近づいたかと思うと、威圧的な気配を纏《まと》って問《と》い質《ただ》してきた。

「ふーん……キミ、どこかで会ったかな?」

甘い相貌は笑みを消すと、急に傲慢な雰囲気に一変する。

そんな人を、ハルカは知っていた。

――この人、高位聖貴族だ……もしかすると、聖爵のひとり……?

宗教国家である聖ロベリア公国には、他の国と同じように貴族もいたが、聖貴族と呼ばれる、宗教的地位を兼ね備えた貴族のほうが位が高い。

聖職者としては、聖教区の貴族司祭や裁判権を持つ聖天秤官などのほうが、庶民にも馴染《なじ》みがある。

一方で、領地を持ち、為政者としての地位がある聖職者は、聖貴族と呼ばれる。

有力な聖殿は、その地域毎《ごと》に聖貴族が治めており、それらをとりまとめているのが聖爵だった。

ソフィアの夫君カイルは青の聖爵だ。

同僚である聖爵がいても不思議はない。

――この人、確《たし》かにどこかで見たような……?

ハルカが首を傾《かし》げて考えていると、アレクシスの言動を問題だと思ったのだろう。この聖殿の主カイルが諫《いさ》めるように言った。

「アレク！　おまえはどうしてそう、女性とみれば口説こうとするんだ!?　しかも、『どこかで会ったかな』だなんて、口説き文句にしても、陳腐に過ぎるぞ!?」

確かにカイルの言うとおりだ。

出会ってすぐに口説かれたのも驚いたが、その陳腐さにも驚いてしまう。

しかし、実際には、ハルカもどこかで見たような気がしたから、青灰色の瞳を大きく瞠《みは》り、アレクシスの顔をまじまじと眺めた。

背が高く、役者と見紛《みまが》うほどの整った顔立ちだ。

——こんな華やかな容貌の人を見たことがあるなら、絶対に忘れるはずがない……。

ハルカはかすかな記憶をさらったあとで、「あっ」と驚きの声をあげた。

「思い出した！　赤の——聖爵猊下《げいか》!?　アレクシス聖爵猊下だわ！」

思わず、大きな声を出してしまったが、思い出せてすっきりとした。

アレクシスという名前に、聞き覚えがあったはずだ。

赤の聖爵アレクシスと青の聖爵カイルは、若く、見目麗しい聖爵として人気が高い。

その人気の高さから、彼らふたりは、聖ロベリア公国で広く流布されている新聞で、頻繁に特集が組まれている。

おそらく、新聞の写真で見たのだ。

新聞は基本的に白黒だったが、赤の聖爵アレクシスと青の聖爵カイルを載せた特別号は、彩色をわざわざ施したものまであった。

彩色された写真付きの特集号は高価なものだったが、学院にいたのは貴族か金持ちの令嬢ばかりだったから、わざわざ実家から取り寄せているものも多かった。

ハルカもそのひとりだ。

同じような見目麗しい青年の写真でも、役者に関しては、風紀を乱すという理由で禁止されていた。

しかし、仮にも宗教国家である以上、聖爵の写真というのは禁止しようがない。

そんな理由で、アレクシスとカイルの特集を組んだ新聞は、学院では回し読みされるほど、人気が高かった。

「ほら、やっぱり会ったことがあるんじゃないか！　カイル。陳腐な口説き文句などとひとを馬鹿にして……失礼、レディ。どこでお会いしたかはともかく、ここで会ったのはなにかのご縁だ。私と結婚を前提にしたおつきあいをしていただけませんか？」

アレクシスはすばやい振る舞いで、ハルカの手をソフィアの肩から奪いとると、くるりと身体を回転させて向き合った。

――やだ。間近で見ると、目が潰れそう……この人、あんまりにも綺羅綺羅《きらきら》しすぎるわ……。

長年、女学校暮らしをしていたせいか、ハルカは男性に対して免疫がない。しかも、こんな格好《かっこう》いい青年に迫られ、手の甲にキスされるなんて初めてだった。

しかし、それと求婚は別の問題だ。

アレクシスのプロポーズの台詞《せりふ》は、どう考えても冗談にしか聞こえない。いくら、ハルカが男性に免疫がないと言っても、こんな台詞を真に受けるほど子どもではなかった。

冗談なら冗談で返してやろうと、芝居がかった調子で言う。

「まぁ、いやですわ……猊下。陳腐な台詞にもほどがありませんか。それにわたくし、結婚は子どもができてからしようと思ってますの」

「いやぁ、結婚を決める瞬間なんて実は陳腐なくらいでちょうどいいと思わないか？　見合い結婚だって、写真や絵姿を見ただけで決まっていた婚約者だって、似たようなものじゃないか」

とうとうとした話し方の、よく舌の回る男だ。

正直に言えば、ハルカは少しばかり圧倒されていた。

怯《ひる》んだ様子のハルカに畳みかけるように、彼は言葉を続ける。

「それに、レディ……ハルカと言いましたか？　もちろん子どもが欲しいなら、いくらでも協力しますとも。それでよろしいかな？」

言質をとるようにそうまで言われて、ハルカは返答に窮した。

――えーっと、冗談……よね？　冗談だと思うんだけど……。『よろしいかな？』ってどう

いうことかしら？

もしかすると、迂闊《うかつ》なことを口にしてしまったのだろうか。

ちらりとソフィアに目を向ければ、アレクシスに聞かれないように口だけをパクパクと動かして、なにか必死に伝えようとしている。

――アレクシスの申し出を断れってことかしら？

ハルカとしては断ったつもりだった。

高位の聖貴族なら、婚前交渉を結婚の条件にするような娘と結婚しようなどと、思わないはずだ。

法王猊下や大半の聖職者は生涯独身を貫くし、結婚が許されている聖貴族なら純潔の娘と結婚したがる。

結婚をしたあとで、冷え切った夫婦がお互いが愛人を持っていいと認めることはある。

しかし、初婚の娘は、初夜を迎えるまで処女を守ることが美徳とされていた。

――聖爵なら、そのくらいの倫理観を持っている……はずよね？

自分はなにか間違ったことを言っただろうか。

内心で焦っているハルカが返答を口にするより前に、アレクシスは、にやり、と企《たくら》みが成功した笑みを浮かべた。

「カイル、いまの聞いたか？　おまえは証人だからな！　私もついに既婚者の仲間入りだ！」

「え⁉　ええっ⁉」

　唐突なアレクシスの宣言に、ハルカはとまどいの声をあげる。

　一方で、視界の片隅には、『やってしまったわね』と言わんばかりに頭を抱えているソフィアがいた。

「まさか証人にならないとは言うまいな。ソフィア、君もだ。君たち夫婦は私に大きな借りがあることを忘れてないであろう？」

　なにを言われているのか、わからない。

　ハルカが話の展開についていけないでいるうちに、アレクシスは苦い顔をしたカイルに書類を作成するように迫っていた。

　聖爵が聖爵に書類を作成させる。

　それがどういう意味か気づいて、ハルカははっと我に返った。

　聖爵はその領地におけるありとあらゆる権限を持つ。つまり、聖爵が作成する書類は、正式な効力を持つ公文書なのだ。

「ま、待って……いまのやりとりを書面にしてるの⁉　なんで？」

　慌てて机の上をのぞきこめば、広げた紙にアレクシスがすらすらと羽根ペンを走らせる。

「なんでということはなかろう。『子どもを先に作ってからなら結婚してもいい』――キミがそう言ったのではないか。ほら、書面ができたぞ。キミも署名したまえ」

「わたしの発言を、都合よく改変しないでいただけますか!?」

とっさに口答えしたけれど、次の瞬間、ハルカはいまアレクシスが言ったことは考えるのに値すると思った。

――そうよ……お祖父《じい》さまが持ってくる相手より……この人と結婚するほうがいいんじゃないかしら。

なんでそのとき、そんな考えに至ったのかは、ハルカ自身、わからない。

あるいは、アレクシスの見た目の格好よさに騙《だま》されただけかもしれないが、さきほど言われた言葉も、ささやかにハルカの心を揺さぶっていた。

――『結婚を決める瞬間なんて実は陳腐なくらいでちょうどいいと思わないか?』

思い返してみれば、今日はいい天気で、絶好の旅行日和だった。

汽車に乗って揺られている間、牧草地帯は緑が美しかったし、セント・カルネアデスの駅についてからは、風が心地よくて、完璧に素敵な気分だった。

それに、ハルカは本当に、子どもを先に作ってから結婚したかったのだ。冗談めかして言っただけで。

なにげなく口にしたから、その真意に気づかれたわけではないだろう。

それでも、この願いを叶《かな》えてくれるなら、この顔のいい聖爵と結婚してもいいと思えた。

結局は、心が動くときというのは、いまみたいに、いくつもの偶然が重なって、自分と相手の都合がついたときなのだろう。

「……そうね。うん、そうかもしれないわ」

ハルカは小さくうなずいて、アレクシスが差し出した羽ペンを受けとった。

カイルが作成したという書類には、簡易な言葉で結婚の条件が書かれている。

『甲と乙は下記の条件を満たしたときには、結婚したものとする。

《条件》——子どもが生まれたとき。あるいは、子どもができたことが、医者、もしくは経験豊富な産婆に判断されたときも、同様の扱いとする』

堅苦しい言葉遣いで書かれた内容に、少しだけ躊躇《ちゅうちょ》してしまう。

しかし、アレクシスの署名はすでに書かれているから、ハルカが署名すれば、あとはこの聖殿の主たるカイルが受理するだけになっている。

聖爵という身分のなせる業なのかだろうか。アレクシスの即断即決がハルカは羨ましかった。

ごくりと生唾を呑みこんで、震える指先で羽ペンを手に持つ。

インク壺《つぼ》にペン先を入れるときに、ガラス壜《びん》がカチカチと音を立てた。それくらい、ハルカは緊張して、条件付きの結婚契約書に署名をした。

「契約成立です、赤の聖爵猊下。もし、本当に子どもができたら、わたしは貴方《あなた》と結婚してもいいわ。その……もし、貴方がわたしでよければ、だけれど」

ハルカは帽子を胸の前に持ち、毅然《きぜん》とした態度で告げた。

ハルカの真《ま》っ直《す》ぐの黒髪は、見る人に凛《りん》とした印象を与えるらしい。

自分でも、態度だけは落ち着いて見えるだろうと思った。しかし、内心はドキドキと乱れて、裁判の判定を待つ被告人のような気分でいた。

アレクシスがなにか言う前に割って入ってきたのは、ソフィアだ。

「ちょっ……ハルカ！　自分がなにをしてるかわかっているの⁉　こんなことを、もしお家《うち》の方が知ったら……」

止めるように、ソフィアが腕にしがみついてくる。

けれども、ハルカとしては少しだけこの状況を楽しんでいた。

身を寄せてきたソフィアの肩を抱き、アレクシスとカイルから背を向けると、ひそひそと内緒話をするように耳打ちした。

「大丈夫よ。通りすがりの人と結婚するわけじゃなくて、聖爵猊下が相手なんですもの。それに、こんな機会、二度とはないわ」

「だって、聖爵が相手のほうがまずいでしょう。だって……んぐぐっ」

ソフィアが続けようとした言葉を察して、ハルカは彼女の口を手で塞いだ。ひそひそ話してはいたが、アレクシスとカイルはすぐそばにいるのだ。

「しっ、黙ってソフィア。お祖父さまが持ってくる見合い相手は、とても年輩の方ばかりなのよ。わたしにだって、若くて見目麗しい殿方との、素敵な語らいの時間をちょうだい」

ソフィアはまだなにか言いたそうな顔をしていたが、不承不承、納得してくれたらしい。

わかったからというように、ぽんぽんと肩を叩《たた》かれたから、ゆっくりと手を離す。

背後ではカイルがなにか言いたそうな複雑な表情をしていたが、アレクシスのほうはハルカたちの内緒話など気にしていないようだった。

ただ、興味津々の目で、ハルカを見ているだけだ。

「相談ごとは終わったのかな？　ハルカ嬢とソフィアは仲がいいのだな」

アレクシスは悠然とした態度で、話しかけてくる。そのタイミングのとり方がうまい。

焦《あせ》るでもなく、沈黙を作るでもなく、その場の雰囲気を掌握する絶妙の間を心得ている話し方だ。

——さすがは赤の聖爵猊下……というべきなのかしら。

人の上に立つものの話しぶりだ。

生まれながらに赤の聖爵の地位を受け継ぐことが定められていた彼は、ごく自然に為政者としての振る舞いを身につけているのだろう。

ハルカは少しばかり圧倒されながらも、顔には笑みを浮かべて見せた。

「ええ。ソフィアとはずっとルームメイトでしたから。ある意味では、家族よりも家族らしい相手なんですの」

「ふうん……まぁ、そういうことにしておこうか。聖エルモ女学院なんて辺鄙《へんぴ》な絶海の孤島に何年も閉じこめられていたのだからな。結束力が固くなるわけだ」

探るような笑顔が少しだけ怖い。

ハルカはアレクシスの追求を逸《そ》らすように、話題を変えた。

「そういえば、猊下はこちらの聖殿には、よくいらっしゃるのでしょうか？　その……わたし、実はゆっくり滞在するのは今回が初めてなのです。もしよろしければ、散策につきあっていただけませんか。その……お時間があるのでしたら、ですけれど」

そばにいるソフィアがまだなにか言いそうにしているから、部屋の空気を変えたかった。うまく誘いに乗ってくれれば一番いいが、別の話題になるだけでも構わない。

そんな思惑があっての発言だったから、案内を断られても当然だと思っていた。しかし、

「ああ、そうだね。こんな応接室で監視付きの会話をするより、そのほうがいいかもしれない。おいで」

アレクシスがするりと近づいてきてハルカの腕を掴むと、『監視付き』という言葉が引っかかったのだろうか。

カイルがじろりと、険のある視線でアレクシスを睨《にら》んだ。

青の聖爵カイルは、アレクシスと比べると物静かな性格だ。

言葉が少ない分、険のある表情にはすごみがある。しかし、アレクシスは気にする様子はなく、軽い足取りで部屋を横切っていく。

「じゃあ、カイルにソフィア。またあとで」

そんなふうに簡単に告げると、アレクシスはハルカを廊下へと連れ出した。

完成したばかりの結婚契約書とハルカのトランクを部屋に置き去りにしたまま――。

† † †

「その……猊下。よろしいのですか？　なにか用事があって青の聖爵猊下を訪ねてこられたのでは？」

アレクシスについて歩きながら、ハルカは控えめに話しかけた。

城館の階段を降り、入り口に立つ玄関番に「出かけてくる」と簡単に告げて、アレクシスは聖殿の敷地内をさかさかと歩いていく。

その迷いのない足取りからすると、彼がセント・カルネアデスの聖殿をよく知っているのは間違いがないようだ。

ハルカとしては、ソフィアがなにか都合の悪いことを言い出さないように、応接室から逃れたかっただけだ。

アレクシスが聖爵として仕事があるなら、ここで別れようと思った。

――祝祭の準備で忙しいだろうから、ひとりで歩けばいいわ。迷うような場所に入りこまなければいいのだし。

三百年の歴史を持つセント・カルネアデスの聖殿は広大な敷地を持つ。市民が礼拝に訪れる大聖堂に、修道士たちが暮らす修道院までは、大きな街にはよくあるものだ。

しかし、長年増築を繰り返してきた建物には、あちこちに華麗な装飾が施され、見るものの目を楽しませる。

特に、羽を広げた聖なる鳥——聖獣レアンディオニスとその伝説を物語にした浮き彫りは有名で、ハルカも時間をかけて眺めてみたいと思っていた。

こういうのはひとりのほうが、自分のペースで眺められていい。

もとから、ソフィアが忙しくて相手をしてくれないときは、ひとりで過ごそうと思ってたから、アレクシスもつきあってくれなくて構わないと、遠慮したつもりだった。

目の端に、回廊に入ってきた修士の少年を捉える。

聖職者になるためにはいくつか方法があり、神学校に行くのはそのひとつだが、お金がかかる。裕福な支援者がいないものは、階級が低い修士と位を得て、聖殿で働きつつ、聖典を学ぶのだ。

浮き彫りがある場所を、通りがかりの修士に案内してもらおうと、ハルカが算段したのを気づかれたらしい。

アレクシスは強引にハルカの手をとり、くるりと身体の方向を変えさせた。

「聖獣レアンディオニスの浮き彫りより、もっといい場所に行こうか。私は遊びに来ただけだから、特に用事はないのだ。遠慮することはない」

「え？　え……でも……」

春の祝祭は聖殿の祝い事のなかでも、大きな催しだ。

最大の祝祭は秋の復活祭だが、春を迎える祭りも負けていない。

祝祭を期に聖爵が治める聖殿を巡礼しようと考えるものも多く、人の入りを当てこんで市が開かれる。そのため、どこの聖殿でも大がかりな礼拝を開き、聖典詠唱を行ったりするのだ。

ハルカだって、名目としてはその礼拝を目当てにセント・カルネアデスを訪れている。

──自分の聖殿を放っておいて、よその聖殿で遊んでいていいのかしら……。

首を傾げかけて、そういえば、と思い出す。

赤の聖爵は遊び人の放蕩者《ほうとう》だという噂が、面白おかしく新聞で書かれていた。

以前に読んだときは、若き聖爵をやっかむ者が書かせた記事だと思い、深く気にしなかったけれど、本当だったのかもしれない。

──でも、それでもいいわ。別に、愛される妻になりたいわけじゃないもの。

ソフィアのように好きな人をずっと思い続けて、その相手と結婚するなんて夢物語だ。もし、アレクシスが遊び歩きたいなら、結婚したあとで恋人を作ったってハルカは構わない。

──ううん、そのほうがいいかもしれないわ。ひとりの時間があるほうが、ゆっくり好きな本が読めるもの。

妄想じみた考えばかりが先走り、回廊の陰のなかで、ハルカはアレクシスに手を引かれるままになっていた。

「ところで、キミ。本当にどこかで会ったことはないか?」

唐突に話しかけられ顔を上げると、柱と柱の間から射しこむ光が、アレクシスの明るい茶色の髪を金色に輝かせていた。

神々しいのと、絵になるのと、男性に免疫がないハルカには目の毒なほどの美丈夫振りが目に焼きついてしまう。

思わず、見蕩れてしまい、すぐに言葉が出なかった。

「あ……あの……猊下。そのような、陳腐な口説き文句はもう必要ないのでは?」

わずかに後ずさり、柱の陰になる場所に身を隠す。

顔が赤くなっているのを気づかれないといい。

ハルカは光を背に受けるアレクシスから目をそらしながら、囁《ささや》くような返事をした。

「口説き文句ではなく、本当に聞いたのだが……まぁよい。確かにもう不要だな。やっと私も『年貢の納めどき』というのがやってきたようだ」

アレクシスは途中までまるで独り言のように小さく呟いたから、ハルカにはよく聞きとれなかった。

しかし、『まぁよい』と言ったからには、大したことではないのだろう。

「その、『ネングノオサメドキ』というのはなんですの?」

どこかで聞いた気もするが、知らない言葉だ。

向学心が疼《うず》いて、ハルカは教えを請うように尋ねていた。

「どこか遠い東の国では、さまざまな女と浮き名を流し、遊び歩いた男が結婚を決めたときに使うのだそうだ」

「猊下は……遊び歩いていたと――そういうことですか」

これから結婚しようというハルカに対して、言っていいのだろうか。自慢げな顔で言われたのが、どこか子どもじみて見えて、ハルカはくすくすと笑ってしまった。

「そうだな……私も新聞にいろいろと書かれているのは知っている。好きなように解釈したまえ」

隠す気があるのかどうか。

アレクシスは明確な答えをくれないまま、ハルカを回廊の先へと導いた。

回廊がぐるりと巡らされた中庭も綺麗に整えられていたが、案内され、高い塀の真ん中にある緑の扉をくぐった先には、もっと広い庭があった。

どうやらこちらの庭は、聖職者が憩う場所ではなく、城館の住人のための庭らしい。

動物の形に刈りこまれた植木や迷路庭園がある、貴族が好みそうな美しい庭だ。

散策に疲れたら休めるようにだろう。ところどころにベンチが置かれ、真ん中には水を湛《たた》えた噴水まであった。

「いまは庭を歩くのにちょうどいい季節だろう……おっとそうか。レディにはパラソルが必要だったかな？」

日差しのなかでハルカが眩《まぶ》しそうに目を眇《すが》めているのを見て、アレクシスは幾分おどけた声をあげる。少し話しただけだが、楽しい人だ。ハルカが退屈しないように、気を配ってくれているのがわかる。

為政者らしく強引なところもあるのに、ふとした瞬間に、気遣いをされていると感じるのだ。これまで見合いをした男性には見られなかった態度だ。

だから、ハルカも素直に答えた。

「たまにはパラソルがなくてもいいわ。今日はいい天気だもの。帽子がないのもいい気分……」

日に焼けないように、そばかすが出ないように、貴婦人たちは肌に白粉《おしろい》を塗り、外に出るときはパラソルで日差しを遮る。

でも、長年、女ばかりの園で暮らしていた身としては、貴婦人の努力が面倒に思えることもあった。

学院では、上流階級の令嬢として恥ずかしくないようにとのマナーを厳しく躾《しつ》けられてはいたものの、教師の目の届かないところでは自由だったからだ。

コルセットを緩く締めてもいいし、ナイトドレスで夜が更けるまでおしゃべりしててもいい。

そんな生活のあとでみんな嫁いでいったことを思うと、大人になることが少しだけ辛い。

「帽子がないのがいいこともある。たとえば……」

アレクシスは白い花が咲く低木の側によると、先の一枝を長い指で手折った。

さんざしの花だ。春の祝祭のころにいつも満開を迎える。

小さな花が集まった一枝から、丁寧に小枝をとったそれをアレクシスはハルカの耳の上に挿した。

「我が未来の花嫁殿に」

微笑《ほほえ》みを浮かべたアレクシスは、そんな言葉をかけてくれる。

心臓の鼓動がおかしいくらい高鳴ってしまい、ハルカはこんなときどうしたらいいのかわからなかった。

さんざしは古いおまじないに使う花で、白い花を異性に渡すのは告白の意味がある。

──きっと、偶然だわ……たまたま通りがかりに咲いていたから、くださっただけで、多分深い意味はないのよ。

きっとアレクシスは女性に花を贈ることに慣れているのだろう。

そう思うのに、手を引かれて芝生の上を歩く間、ハルカはふわふわとした、地面に浮かびあがっているような心地でいた。

「少し休もうか」

迷路庭園を歩いたあとで、アレクシスは四阿《あずまや》を指差した。

丸天井を四つの装飾柱で支えた四阿だ。

周りにはライラックが咲き乱れている。

なかに入ると、目隠しがあるせいで、ベンチに座ると外からは見えなくなる。

庭を巡る間も、高い物見の塔と大聖堂の鐘楼は見えていたが、その上からのぞいても、隠してくれそうだった。

「ところで、ハルカ嬢。確認したいのだが……キミはまさか、手を握るだけで子どもができるなどと、信じているわけではないだろうね」

「え、ええ。もちろん」

どきりとした。

確かに大事なことだが、面と向かって聞かれると思わなかったせいだ。

けれどもハルカの濁したような返答だけでは、アレクシスは見逃してくれなかった。

「つまり……キミのいう『子どもができたら』という条件は、正式に結婚する前に、子どもを作るような行為をしてもいいということで間違いないな？」

「は、はい。そのとおりです……」

念押しされた内容を少しだけ想像して、ハルカは声を潜めた。

冷静に問いかえされると、自分でも、なんて常識外れのお願いをしているのだろうと思う。

――こんなふうに確認しているのは、そんなふしだらなことを言い出すとは、やっぱり結婚できないと言うつもりだからかしら。

内心では、それも仕方ないと諦めている自分がいる。

正直に言えば、この期に及んでも、アレクシスは断るだろうと思っていた。

アレクシスの外見は未婚の令嬢が夢見るように素敵だ。

顔は整っているし、背も高い。

しかも聖爵なのだ。

聖ロベリア公国では法王猊下とともに聖爵の人気は高い。

宗教上の頂点に立つ法王猊下との違いは、なんと言っても聖爵が結婚できるという一点に尽きる。

もちろん、さまざまな違いはあるのだが、少なくとも未婚の令嬢にとってはそれで十分だ。

そして、年若い聖爵のうち、青の聖爵カイルは先日、ソフィアと正式な結婚をした。

カイルとソフィアはもともと結婚していたのだが、ソフィアが幼かったため、白い結婚をしていた。

白い結婚とは、結婚してもまだ肉体の関係に至っていない結婚のことだ。

聖ロベリア公国では子どもが結婚をしても、十六になるまで性交渉をしてはいけないという法律がある。ソフィアとカイルの場合、ソフィアが十八才になり、成人となるまで、白い結婚とするという契約を交わしていた。

先日、さまざまな困難の果てに、ソフィアは念願叶えて、カイルとの正式な結婚に至ったばかりだ。

そんなわけで、未婚を貫いている聖爵はさておき、現在、未婚の令嬢たちが狙いをつけているのは、独身のアレクシスただひとりと言うことになる。

さきほどのカイルとの会話では『私もついに既婚者の仲間入りだ！』などと言っていたし、『ネングノオサメドキ』という言葉にも、どこかしら似たような雰囲気が合った。

つまり、結婚したくてもできない独身者というような。

——そんなことはありえないと思うけど……確か猊下は今年三十歳になるはず。結婚を焦ってらして、もう相手は誰でもいいのかもしれない……。

たまたま会話の流れでハルカが求婚らしきものを受けてしまい、結婚（仮）が決まってしまった。そういうことだろうか。世間体を気にして、形だけの妻でも早く欲しいと言うことなら、自分にとっても都合がいい。

ハルカも同じだからだ。

身分ある貴族の令嬢は、十六か十七歳ほどで結婚する。

貴族か金持ちの娘しかいなかった聖エルモ女学院では、学期の途中でも学生が家に呼び戻されることがたびたびあった。

それはたいてい、誰かに嫁がされるという理由だったのだ。

同級生の大半がすでに結婚しているなか、独身のハルカはいま、実家から見合い話を次々持ちこまれている。

今回の休暇も、家に帰ったが最後、結婚を決めるまで家から出られなかったかもしれない。

そんな懸念があるからなおさら、実家から足が遠のいている。

試験休みは約二ヶ月。

その間、ハルカはソフィアが暮らすセント・カルネアデスの聖殿に滞在する予定でいた。

祖父の決めた相手と結婚する気はないからだ。

彼らにとって重要なのは、自分たちに都合がいい身分や資格を持っていることで、ハルカの希望はまったく考慮してくれなかった。見合い相手もそうだ。

どう考えても譲歩する要素が見当たらず、ハルカは相手を断るしかなかった。

――せめて若くて、顔がいい人を選んでくれればいいのに……。

見合いをさせられるたびに、何度そう思ったかわからない。

しかし、悲しいかな。

身分ある男性の目から見たふさわしい結婚相手というのは、世間的な地位を得て、それなりに年齢がいっているものが多い。さらに言うなら、若い女性が好むような容姿を持たないほうが、より好感度が高いようだった。

——先日のお見合い相手なんて、なにもかも、わたしの希望は無視されていた……。

思い返すと、ため息を吐きたくなる。

二回りも年が違う相手と結婚させられそうになるなんて、どうしてそうなるのか。

夜会に出れば、若くて見目麗しい青年貴族が数多《あまた》といるはずなのに、彼らの目には映らないのだ。

仲のよかったソフィアが正式に結婚して、しかも、その相手がカイルのように顔立ちの整った青年だったから、ハルカも夢を見たくなってしまった。

ソフィアのように、ずっと好きだった相手と結婚したいわけではない。

それはさすがに高望みしすぎだとわかっている。しかし、もう少し若くて、もう少し見た目が素敵な人と結婚したいというのは、叶えられてもいい願いだと思っていた。

だから、いい。

アレクシスが半分冗談で求婚しているにしても、ハルカは彼に十分、好感を持っていた。

ずっと写真で見て、憧れていたせいかもしれないが、実物はもっと素敵だ。

さっきさんざしの花を耳の上に挿してくれた瞬間を思い返すと、それだけでハルカの胸の鼓動が甘く跳ねるくらいだ。

物思いに沈んでいたハルカの注意を引くように、アレクシスが身を寄せて、囁いた。

「たとえば、こういうことを……ハルカ嬢?」

さっきまで話していたのとは違う、ひどく低い声だ。

ただ声音が低いのではなく、色香と欲望の入り混じった声にどきりとさせられる。

アレクシスの長い指がハルカの顎に伸び、顔を上向きにされたかと思うと、その端整な顔が近づいてくる。

俯《うつぶ》せられていく長い睫毛《まつげ》が、瞳に影を作り……

「んん……」

覆《おお》い被《かぶ》さるようにして、キスをされていた。

アレクシスは片方の手をハルカの顎に、もう片方の手を目隠しについて、ハルカを壁際に追い詰めている。

一瞬、なにが起きたのかわからなかった。次に、まるでなにかの物語に入りこんでしまったのではないかと思った。

ちょうど午後の祈りの時間だったのだろう。

カラーンカラーンという鐘の音が鳴り響いてきた。

晴れやかな鐘の音がまるでハルカのファーストキスを祝福しているかのように、繰り返し繰り返し響く。

身動きひとつできなかった。

――わたし、猊下とキス……してるの⁉

じわりじわりと事態が頭のなかに染み渡るにつれて、頬《ほお》に熱が集まる。

真っ赤になって固まったハルカを、どう思ったのだろう。

アレクシスは一度唇を離すと、今度は唇でハルカの唇を啄《ついば》みはじめた。

「んっ……ふぁ……ンぁんっ……ンンぅ」

触れている唇がハルカの唇の上で動くと、唇がやけに敏感に感じてしまう。触れられているのは唇なのに、ぞくんと腰の奥が熱く震えた。

下唇というのが、こんなにも感じやすい場所だとハルカは初めて知った。

「んんっ……ン――ンンぅっ、ふぁ……んん――ッ！」

ちゅっちゅっと啄《ついば》まれているときはまだよかったけれど、押しつけるように唇を塞がれてしまうと、ハルカは苦しさに呻《うめ》いた。

息が苦しい。こんなとき、どうしたらいいかわからない。

学院では、キスのときにどう振る舞えばいいのか、教えてくれなかった。

白い結婚とはいえ、唯一の既婚者だったソフィアは、よくキスについて尋ねられていたが、彼女だって当時はよくわかっていなかったはずだ。

いまはどうなのだろう。そんな話をする前に、まさか自分がキスをする羽目になるとは夢に

も思わなかった。息苦しさのあまり、くらくらしてくる。

ふぅっと意識が遠のきそうになって、身体がぐらりと揺らいだ。

——ダメ……もう……。

身体の力がかくりと抜けたところで、ようやくアレクシスの唇が離れた。

ハルカの身体が背もたれから崩れそうになるのを支えてくれてはいたものの、アレクシスはなにも言ってくれない。

落ち着かない沈黙が二人の間を流れた。

鐘の音も掻き消え、風がライラックの木を揺らす音だけが、ときおり聞こえてくる。

「もしかして、キスは初めてだったり……した？」

慎重に問いかけられた。

まさかこんなことを聞かれるとは思わず、ハルカの顔は羞恥に火照った。

——ど、どうしよう。経験がないのを面倒くさいと思われたかしら……。

アレクシスの言葉の意味を測りかねて、身を縮めたくなる。

しかし一方で、ハルカは未婚の令嬢の上、女学院育ちなのだから、男の人とこのような接触がなくて当然だとも思っていた。

あるいは、子どもができたら結婚してもいいなどと、非常識なことを言い出す娘だ。

もっと、遊んでいると思われたのかもしれない。

不安に脅《おび》えた顔で、なにか言い訳をすべきかと目まぐるしく考えていると、アレクシスの指が慰めるようにハルカの髪を撫でた。

「いや……悪い。ソフィアの友だちなんだから、当然だったな。全寮制の女学院育ちでキスに慣れているわけがなかったか」

あらためて言葉にされると、これまで気にならなかった自分の箱庭育ちぶりを問題視したくなってしまう。

「が、がっかり……させてしまったのでしたら、申し訳ありません……猊下」

つい、そんな言葉が口を衝《つ》いて出た。唐突にやってきた初めてのキスに浮かれているのは、自分だけだと気づいてしまったからだ。

――うっとりさせられて、まるで世界中に祝福されたキスのような心地でいたのはわたしだけ……。

甘美な気分が消えてしまう。

アレクシスの腕のなかでハルカは俯いた。

「がっかり?　ああ、悪い悪い。言い方が悪かった。説明が足りなかったと思ったのだよ、ハルカ嬢。顔を上げたまえ」

俯きがちになっていたハルカの顎に指をかけ、アレクシスは顔を上げさせた。

視線が合うと、彼の表情はやさしい。

がっかりしているようでも、蔑《さげす》んでいるようでもない。

「キスのやり方を教えておいたほうがいいだろう？　ハルカ……唇を重ねているときは、鼻から息を吸って、苦しかったら唇を少しずらして息を吸うんだ」

指摘されたことを心で繰り返すうちに、ハルカ自身、自分が息を詰めていたことに気づく。

言われたとおりに意識して鼻から息を吸うと、緊張がゆっくり解けた。

「それと、その大きな青灰色《せいかいしょく》の瞳を閉じてくれたまえ。透明で混じりけがなくて……まるでキミ自身のような瞳だ。綺麗すぎて、邪《よこしま》な気持ちを抱いているのは私だけかと思うと、少しだけいたたまれない……」

見つめ合う瞳がきらりと悪戯っぽくきらめいたかと思うと、アレクシスの長い睫毛が俯《ふ》せられていく。それが合図だった。

「かわいいハルカ。鼻で息をして……」

甘く掠《かす》れた声が聞こえたかと思うと、柔らかいものが唇に触れた。

「……んんっ……」

二度目のキスをされていた。

今度は高らかな鐘の音は鳴らなかった。息も苦しくなかった。

なのに、最初のキスに負けないくらい、ふわりと舞いあがるような心地がした。

確かに鼻で息を吸うと、苦しくない。唇が離れたところでも息を吸うけど、こういうのは夕イミングが大事なのかも、と思ううちに、次第に慣れてきた。

慣れてくると目を閉じているせいか、鼻に鼻が触れた、とか唇が柔らかいとか、視覚以外の感覚に意識が引っ張られる。

唇の上を蠢《うごめ》くアレクシスの唇が、やけに器用にハルカの下唇を啄む。

息を吸おうと口を開くのと、そのたびに唇で唇を弄ばれるのとで、くすぐったい。

その攻防に夢中になりすぎて、さっきから、名前で呼ばれていることに気づく余裕もなかった。

それでいて、頭の片隅では確かにアレクシスの言葉に反応している自分がいて、まるで恋人同士みたいだなんて浮かれたことを考えてもいる。

長い長いキスのあと、ようやく唇が離れた。

「……ん、ふぅ……猊下……あ、あの……」

庭園を殿方と散歩してきて、四阿でキスをするなんて、まるで恋愛小説みたいだ。

自分がこんなふうにキスをする日が来るなんて、ハルカは夢にも思わなかったから、顔は真っ赤になっていた。体も力が入らなかった。

「これはまだまだ子作りのための序章に過ぎないよ、ハルカ嬢。逃げ出さない覚悟はおありかな?」

からかうような口振りでいながら、アレクシスの瞳はハルカを捕食するようでもある。

——この方がわたしのように、初心《うぶ》な娘に欲情を抱いているはずはないわ……。

そう思うのに、求められている気がして、少しだけうれしい。

ライラックの花弁が風に揺れて散る様を見ながら、ハルカはアレクシスの問いにうなずいた。

逃げ出すはずがない。

キス以上のことをするのが、ハルカの望みでもある。

「じゃあ、早く私が独身貴族から脱せるように協力してくれたまえ」

それが了承の印だったのだろうか。

綺麗な顔にくすりと艶っぽい笑みを浮かべたアレクシスは、そう言ってハルカの黒髪にちゅっと口付けたのだった。

# 第二章　お風呂のなかで子作りの秘跡を手解《てほど》きされました

正直に言えば、ハルカは招待状をもらってからずっと、セント・カルネアデスに来るのを楽しみにしていた。

聖殿では、春の祝祭が盛大に行われる。祝祭の行事を楽しみにしていたし、評判が高い、青の聖爵の聖典詠唱を聞きたいと思っていた。

しかし、なによりも旧友であるソフィアとの、気の置けないガールズトークを楽しみにしていたのだ。

ところが、聖殿には予定外の客がいた。

赤の聖爵のアレクシスだ。

青の聖爵が執り仕切るセント・カルネアデスの聖殿に、なぜ、赤の聖爵アレクシスがいるのか。

彼のキスに蕩《とろ》かされてしまったあとでも、その違和感をうまく呑みこめない自分がいる。

夕餐のメインディッシュを終え、指先をフィンガーボウルで洗い、ナプキンで口元を拭うアレクシスは、上品でいて、ひどくこの場に馴染んでいる。

「ああ、君。デザートのパイを持ってきてくれ。ハルカ嬢の分もだ」

そんな采配までしてくれて、まるで自分の聖殿にいるかのように寛《くつろ》いでいた。

とまどう部分もあるが、助かってもいる。

なにせ、この聖殿の本当の主は、自分の奥さましか目に入ってないようで、さっきから目のやり場に困っていたからだ。

ソフィアを膝の上に乗せたカイルは蕩けそうな顔をして、ソフィアの口に自分がフォークに巻きつけたパスタを運んでいる。

恥ずかしいとか恥ずかしくないとか、そんな次元の問題ではない。

一刻も早く、この夕餐の場からいなくなりたかった。

「まぁ、カイルがソフィアに壊れているのはいつものことだ。祝祭で忙しくなると、さらにひどい。二人だけの時間が少なくなって心が満たされないらしいから、大目に見てやってくれ」

「は、はぁ……そうですか」

アレクシスは声を潜めて話している。そのせいか、お互いしか目に入っていないからか、ソフィアとカイルはこちらの会話に入ってこなかった。

夕餐のテーブルは大きくて、真ん中には大きな果物籠とともに燭台《しょくだい》が置かれ、蠟燭《ろうそく》の光が温かく揺れている。

いちゃつかれているのは目の毒だが、食事そのものは美味《おい》しくいただいていた。このところのハルカは、大学の寮で侘《わ》びしい食事ばかりしていたせいだ。

祝祭のメインディッシュと言えば、聖ロベリア公国では豚肉になる。

死してもなお、何度も復活した聖獣レアンディオニスは翼ある生き物だ。そのため、聖殿では基本的に鶏肉《とりにく》は食べない。

贅沢《ぜいたく》なオレンジのソースで味付けされた豚肉は、とても美味しくて、ハルカは満たされた気分で、ほうっとフォークとナイフを置く。

「それとも、あれが羨ましいというなら、私もやぶさかではないぞ?」

アレクシスから誘いかけるようにウィンクされ、どきりと心臓が跳ねる。

「う、羨ましくなんてありません。猊下《げいか》のご厚情には感謝いたしますわ」

本音を言えば、仲がいい夫婦の姿は少しだけ羨ましい。しかし、膝抱っこは無理だ。

天真爛漫《てんしんらんまん》なソフィアは、カイルといちゃつく姿もかわいらしい。

しかし、ハルカはソフィアとは違う。自分の容姿はよくわかっている。ソフィアといっしょにいるとき、ハルカは澄ました級長役を振られることが多かった。

そんな自分が膝抱っこされても、かわいらしい振る舞いなんてできそうにない。アレクシスに幻滅されてしまうだろう。

――猊下に嫌われたくない……。

ハルカはそんな気持ちを心に押し殺して、給仕がデザートのパイをテーブルに並べるのを待った。

ところが、ハルカが嫌われないように礼儀正しくしようと思っているのに、アレクシスのほうは食事作法が気にならないらしい。ガタガタと椅子を動かして、ハルカのそばに近づけると、自分のパイもすぐそばに持ってこさせた。

聖殿の給仕たちは、聖爵たちの、こんな奇妙な振る舞いに慣れているのだろうか。表情を変えずに、淡々と命じられた仕事をこなしている。

彼らはハルカとアレクシスの不作法を気にする様子は見せず、お茶を給仕し終わると、次の命令が出されるまで、壁際に静かに控えていた。

使用人としての躾が行き届いており、ひそひそと、この奇妙な状況を話し合う様子もない。

——それで、わたしにこの状況を受け入れろと言われても、困るんですけど!?

「ほら、ハルカ嬢。あーん」

「猊下……わ、わたしはそういうことは、む、無理ですから！　ご遠慮申しあげます！」

アレクシスは給仕されたばかりのオレンジパイを切り分けて、長い指で器用にフォークの上に載せたかと思うと、ハルカのほうに差し出した。

アレクシスのような絶世の美貌の持ち主から、デザートのパイを食べさせてもらうなんて、無理だ。

想像しただけで卒倒しそうになる。

アレクシスは言葉の上でだけは、ハルカにものを尋ねてくる。

しかしその実、ハルカの回答に関わりなく、自分がしたいと思うことは強引に推し進めるきらいがあった。いまがそれだ。

「私は、子どもができてから結婚したいというハルカ嬢の希望を聞いてやったのに、キミはこんなささいな願いも叶えてくれないのか？」

「ささいな願いって……でも」

おかしい。

子どもができたら結婚という条件は、むしろ、アレクシスの冗談みたいな口説き文句を断るための、その場しのぎの言葉だったはずだ。

なのになんで、アレクシスのほうが譲歩してやったんだという自慢顔をされなくてはならないのか。

おかしい。どう考えても納得がいかない。

しかし、昼間、話をしてわかったのだが、アレクシスは自分の思いどおりにことを進めようとするあまり、頑固なところがあるようだ。

子どもなら我《わ》が儘《まま》で片付けられるようなことでも、地位もあり、顔立ちも素敵な男性にされると、意味が変わってくる。

魅力的な笑みを浮かべているせいだろうか。

強引なところは、とまどわされてしまうが、なぜか憎めない人だ。

それに、目の端でソフィアとカイルが、いちゃいちゃと食べあいをはじめた影響も受けてしまったのかもしれない。

「ほら、オレンジのとろとろに美味《おい》しいところが零れてしまうよ」

「わ、わわっ」

もう一度催促されると、つい従ってしまった。

ぱくりとアレクシスの指先が操るフォークを口に入れてしまったのだ。

たちまち甘酸っぱい蜜の味と香ばしいパイのさくさく感が口腔《こうこう》いっぱいに広がり、ハルカの味覚を蹂躙《じゅうりん》した。悔しいけれど美味しい。

そういえばここの聖殿で栽培しているオレンジで作ったパイを、ソフィアはわざわざ手紙に書いて自慢していた。

甘酸っぱくて香りが高い。果汁が濃縮されて金色の蜜になったのが、切り分けたところからあふれ出す様は、甘くさわやかにハルカを誘っている。

アレクシスに負けたのではない。このオレンジのパイに負けたのだ。

ハルカが、そんな言い訳を頭のなかで必死にしているとは、思っていないのだろう。

アレクシスは優雅に長い指を動かしてフォークを置くと、なにを思ったのだろう。その綺麗な長い指をハルカの口元に当てて、ぐぃっと動かした。

「オレンジパイの蜜がついてる」

そう言って、拭《ぬぐ》いとったらしい蜜を、ぺろりと舌で舐《な》めてしまった。

行儀が悪いはずのその一連の振る舞いが、ひどく艶《つや》めいて見え、心臓がどきどきと高鳴る。

顔がいいというのは視覚の暴力だ。ハルカは初めて知ってしまった。

ソフィアのように子どものころから知っていればまだ免疫がついたかもしれないが、ハルカのように結婚適齢期の娘になってから摂取するには、アレクシスの顔立ちは美々しすぎる。

ナプキンで口元を拭う所作も、日常的な振る舞いだというのに、ハルカの目を奪うほど絵になる。

なぜ、アレクシスの写真を載せた新聞があんなにもたくさん発行されているのか。

その理由が、ただ売れるからではないことを、いまになって理解した。

おそらく、カメラマンが赤の聖爵を撮りたかったのだ。

カイルと二人ならなおさら、その絵になる雰囲気は、芸術に携わるものをいやがおうもなく魅了したのだろう。

そんなことを思ってしまうくらい、ハルカはアレクシスの一挙手一投足から目が離せなくなってしまった。

――もしかして、オレンジに人を好きになる媚薬《びやく》でも入っていたのかしら。

そんな疑いを抱いてしまうほど、夕餐が終わるまで、ぽーっとしてしまっていた。

多分、それがいけなかった。

「部屋へ案内しよう。ついてきなさい」

アレクシスからそう言われて、なにも考えずについて行ってしまったのだ。

この聖殿は彼のものではないというのに、アレクシスは完全に我が物顔だ。

ハルカよりも先にセント・カルネアデスに滞在していたようだから、客間に案内してくれるのだろう。そう思って、ハルカはまるで疑わなかった。

客室棟の二階へ連れられ、廊下の突き当たりに辿《たど》り着《つ》くと、アレクシスの指先が大きな扉の数字飾りを指し示す。

「ここだ。扉の詩篇《しへん》の番号は『緑羽―Ⅸ』。

『聖獣レアンディオニスが足の先で地面を叩くと、不思議なことに、こんこんと泉が湧き出した。

魔王の炎に干上がっていた地面はたちまちみずみずしさを取り戻す。

――さぁ、種を蒔きなさい。緑豊かな地が悪魔を追い払うでしょう』

などと言って新しい種子を人々に授けたのだとかいうやつだな。おかげで我がラヴェンナ地方は豊かな穀物地帯が広がっているのだとか」

唐突に、綺麗な声で抑揚をつけて詩篇を謳《うた》われて驚いてしまった。

「げ、猊下も……詩編を謳われるのですね」

思わずそんな感想が口を衝いて出てしまう。

「おい、キミは私が赤の聖爵ではないと疑っていたのか？　聖爵なら誰だって聖典詠唱の心得くらいあるぞ、入れ」

むっとした顔で言い返されたから、どうやら気分を害してしまったらしい。

「も、申し訳ありません……でも、わずかでしたが、素敵な詠唱でしたわ。わたしだけが聞けるなんて……なんて贅沢でしょう」

若き聖爵の聖典詠唱だ。

こんなに綺麗な声で謳うというなら、聞きたがるものが無数にいるはず。

それをたったひとりで聞いてしまうなんて、どれだけ金品を積んだところで叶うものではない。

両手を前に合わせ、頬を紅潮させたハルカは、アレクシスがくすぐったいような、それでいて褒められてまんざらでもないような複雑な顔していることに気がつかない。

「詩編の詠唱など、いくらでもしてやる……気が向けば、だが。ともかく入れ」

ガチャリと扉を開けて、室内へと強引に背を押される。

「ほ、本当ですか⁉　本当ですね⁉　ぜひ気が向いてください……う、わぁ……すごい、お部屋……」

アレクシスの詠唱をもっと聞きたいと、はしゃいだハルカは、その次の瞬間、豪勢な部屋を見て、言葉を失った。

簡素な巡礼者用の宿泊施設――とまではいかないが、それに準じた部屋へ案内されると思っていた。あるいはソフィアの部屋があるなら、その客間か、だ。

セント・カルネアデスの聖殿は大きいし、上流階級の巡礼者用の宿泊施設もあるはずだ。

そういった施設の部屋でもせいぜい狭い二間続きで、寝具と書き物机と、ちょっとした応接セットがあるのがせいぜいだ。

ところが、いまハルカが案内された部屋は、吹き抜けを持つ、メゾネットタイプの部屋で、天上からは巨大なシャンデリアが下がっている。

鉄でできた装飾付きの手すりは、最新の流行のデザインだ。

たぶん、この客室棟は最近建てられたものなのだろう。外見だけは歴史的な聖殿部分に合わせて古めかしいが、中身は最新の設備が整っているようだった。

春とはいえ、まだ寒い部屋には暖炉に火が入れられていた。

マントルピースの柱に飾られた聖獣レアンディオニスの浮き彫りも精緻な細工で、見事としか言いようがない。

ここまで見てとって、さすがにハルカもおかしいと思った。

いくら聖爵の奥方の友だちとはいえ、この部屋は従者のひとりもいないハルカには広すぎる。

最高賓客のための部屋だ。

たとえば、法王猊下とか聖爵といった賓客のための。

「……どういうことでしょう、猊下」

あえて満面の笑みを浮かべて問いかければ、アレクシスは寛いだ様子で自分の長上着《ながうわぎ》を脱ごうとしているところだった。

指先が器用に動き、無数にあるボタンを外していくと、金糸の飾りが施された立て襟の上着の前がはだけ、どきりとさせられるほど濃厚な色香が漂う。

鎖骨を見せつけたまま、こぼれ落ちた後れ毛を掻《か》きあげないでほしい。

ただ見ているだけなのに、ハルカはまるで、自分がいやらしい行為をしているかのような羞恥に襲われ、さっと目線を逸らしてしまった。

「どうもこうもない。もし本当にキミに子作りする気があるなら、今宵《こよい》からはじめようと思っただけだ」

なにかごまかしの言葉が返って来るかと思ったら、正面切って行為を匂わす答えが返ってきた。逆に、ハルカのほうが、うっと言葉に詰まってしまう。

「それに、キミも今日は遠くから旅してきて疲れてるだろう？　この部屋には最新のバスルームが備えてあるから、使いたいかと思ってな」

「バスルームまであるんですか⁉」

ぱっと弾かれたように顔を上げたのが、すでに答えの代わりになっていたかもしれない。アレクシスは優雅な微笑みを浮かべて無言でうなずいた。策略にハルカが嵌まったことをよろこぶ、邪悪な美しさを秘めた微笑みだった。

ハルカが踵《きびす》を返して出ていく様子を見せないのを、了承の証だと思ったのだろう。ハルカの腰に手を回し、応接になっている巨大な部屋を横切ると、ひとつの扉を開けて見せた。

カチリと音を立ててスイッチを入れ、部屋の電気をつけると、オレンジ色の灯《あか》りに照らされた瀟洒《しょうしゃ》な部屋が浮かびあがる。

こちらは、当初、ハルカが宿泊するだろうと想定していたような、こぢんまりとした部屋だった。天蓋付の寝具に書き物机とソファが置いてある。

客間としては十分広いが、一人用のゲストルームだ。身分が高い人の客室は、客室であっても、こんなふうにゲストルームを備えているのが常だった。

「キミの部屋はこっちだ。荷物はこちらに運んでもらった。城館と大聖堂の位置関係は理解できたか?」

「い、いえ……まだ」

おおざっぱにはわかっているが、セント・カルネアデスの聖殿は広いし、奥に入れば入るほど、入り組んでいる。

ひとりで歩こうとすれば、簡単に迷子になってしまいそうだった。

「そうか。まぁ、迷いそうなときは一階に客室棟担当の修士が詰めているから、案内してもらえばいい」

「は、はい。そうですね……この棟まで辿り着ければ、なんとかなりそうです」

ハルカは少し言葉をつまりながら答えた。

アレクシスはこういうとき、妙にてきぱきしている。

説明は終わったのだから来いと言わんばかりに顎をしゃくられ、ハルカも慌てて、アレクシスのあとを追いかける。

アレクシスは放蕩者だという噂があったし、祝祭の期間に自分の聖殿を空けているのは、その表れと言える。

しかし、有能な為政者らしさをうかがわせる瞬間もあり、ハルカは、どちらがより本当の彼なのだろうと首を傾げた。

本音を言えば、独身とは言え、聖爵猊下のゲストルームに妙齢の自分が泊まるというのは、ありえないのではと思っている。

もし、連れてこられたのがほかの人だったら、ハルカは絶対に拒絶していただろう。

しかし、アレクシスのすばやい説明には逆らう余地がなかったし、人を威圧する空気のせいで、従うのが当然という気持ちにさせられてしまっていた。

――この方はやっぱり、生まれながらに聖爵猊下でいらっしゃるんだわ……。

聖ロベリア公国に住む身分ある令嬢として、ハルカはほかの聖爵も知っている。

彼らはみな、アレクシスのように為政者らしい振る舞いが身についていた。

聖爵というのは、元来は世襲制ではなかったが、一地方の領主も兼ねているせいだろう。近年は特に問題がない限り、親から子へと引き継がれてきた。

例外が、先代の青の聖爵で、不正を法王猊下に暴かれ、罷免された。

このセント・カルネアデスの主、カイルはここ最近では珍しく、世襲ではなく聖爵の座に着いた――ある意味、異端者だった。

――その異端者のカイルと、生まれながらに聖爵を継ぐことが決まっていたアレクシスとが、仲がいいというのが面白いわ……。

ハルカの記憶が確かなら、アレクシスのほうが二つほど年上のはずだから、聖爵としてカイルの指導を任されたのかもしれない。

そんなことをつらつらと考えながらアレクシスのあとについていくうちに、居間を通り抜け、また扉をくぐると、化粧室兼脱衣所といった佇《たたず》まいの部屋についた。

ここも温かい。

その奥にはタイル張りの部屋に、猫足の浴槽が置かれていた。

最新式のバスルームと言っていたように、大きなボイラーがあり、そこから湯気を立てたお湯が浴槽に流れていた。

「ハルカ嬢。キミはキスも初めてだったわけだから、当然、子作りも初めてで、その知識にも乏しい……それで間違いないか？」

「え、ええ？　そう……ですが……」

唐突に話しかけられ、部屋の内装に目を奪われたハルカは、曖昧に答えた。

素敵なバスルームだ。

最新式のボイラーは少し無骨だが、水道の蛇口には銅色の蜥蜴《とかげ》が巻き付いており、バスタブも植物の装飾が美しい。

石けんやバスオイルをたくさん載せた瀟洒な棚がバスタブの近くに置かれていて、自分の好きな香りとともにお湯をいただければ、いい気分で身体を綺麗にできるだろう。

早くお風呂に入りたい。

ハルカの顔には、そんな気持ちがありありと表れていた。

「服は脱がせたほうがいいか？　その制服の下はコルセットを着けているのか？」

そんな言葉とともに、アレクシスはハルカの胸元に手をかけた。

上流階級の令嬢は、本来、窮屈なコルセットを身につけ、ひとりでは着られないようなドレスを纏っているからだ。

最近では、バッスルというお尻の辺りが盛りあがったデザインはなくなり、ドレスもずいぶん自由になった。

しかし、いまハルカが身につけている制服はもっと簡素なもので、しかも前開きボタンのワンピースだったから、ひとりで脱ぎ着できる。

その前ボタンに手をかけられたものだから、ハルカはなにが起きたのかわからなかった。

「え、えええっ⁉　あ、あの……猊下⁉　な、なにを……してらっしゃるので……？」

衝撃のあまり、ハルカの頭のなかは完全に混乱した。

混乱しすぎて、彼の手を止めることも思いつかない。

さきほど、彼自身の上着のボタンをはずしているときも思ったのだが、アレクシスの長い指がボタンを外そうとして器用に動くところは艶めいて、ハルカを誘うようでもあった。

向かい合ってボタンを外されているから、頭上で、アレクシスの息遣いが聞こえるのも、よくない。

艶めかしい気分にさせられて、頬だけでなく、耳までかぁっと火照るのがわかった。

「うん？　制服を脱がせるというのは初めての経験で、なかなか面白いな……かわいらしい服だが、ドレスより脱がせやすくていい。ペチコートはそれなりに厚みがあるが……」

「そ、そういうことではなくて……も、もしかして……いっしょにお風呂に入るということですか⁉」

ちらりとバスタブに目を向ければ、つられたようにアレクシスも目を向ける。

「当然だ。私だって身綺麗《みぎれい》にしたいからな」

そう、軽く相槌《あいづち》を打って、一歩二歩と長い足で脱衣場を横切り、まだ流れたままになっていた蛇口を捻《ひね》り、お湯を止めた。

「考えるのはあとだ、ハルカ嬢。温かいうちに入ろう」

アレクシスはハルカのそばへ戻ってくると、ワンピースとペチコートを無理やり脱がせて、自分も聖職者用の上着を脱いだ。

ばさりと重たい音を立てて、金糸の縁飾りのついた上着を無造作に投げる。

「ええっ、で、でも……そのぅ……も、もしかして、猊下といっしょに入るというのは……」

そんなことはできるわけがない。

悲鳴のような声をあげて、一歩後ずさる。しかし、アレクシスの長い腕がハルカの腰に回り、逃れるのを許してくれなかった。

「当然だ。キミは子作りについて知らないのだから、私の言うとおりにすべきだろう？　それに夫婦になれば、いっしょにバスに入るものなのだぞ？」

「そ、そうなんですか？　だからこの浴槽はこんなにも大きいのでしょうか？」

貴賓室用のバスタブだから大きいのかと思ったが、ふたりでも入るようにとの配慮からこの大きさなのだとしたら、納得できる。

独身を貫くと宣伝していない限り、法王猊下以外の高位の聖職者は妻帯しているからだ。

「もちろんだとも。それから、さっきから思っていたのだが……最終的に夫婦になることを目指すのに、『猊下』と呼ばれるのは、ちょっと雰囲気が出ない。名前で呼んでくれないか？」

「名前……え、ええ……あ、アレクシスさま……というふうに？」

自分で口にしておきながら、これでは恋人同士みたいだと思った。

頭の芯にかぁっと熱が上がる。

恥ずかしくて甘やかで――どきどきが止まらなくなってしまう。

その一方で、この幸運に浮かれすぎではないかと縛《いまし》める自分もいた。

――猊下のように素敵な方が、わたしみたいな本を読むくらいしか取り柄のない頭でっかちを娶《めと》ってくださるなんて……ありえないわ。きっとなにか理由があるのよ。

その推測はおそらく正しいだろうが、構わなかった。

ハルカも条件をつけて承諾したのだから、アレクシスのほうも思惑があってもいい。

望んだのは子どもを作った上での結婚であって、恋人ではないのだ。

「そうだな……さまはなしだ。アレクシスというのも長いし、アレクとでも呼んでもらおうか。おいで……ハルカ」

名前を呼び捨てにされて、手を差し出されると、とくんと胸が甘く跳ねる。

「ほら、ズロースも脱がせてやろうか？」

「きゃあああっ、い、いいです！　ズロースくらい自分で脱ぎます！」

腰紐《こしひも》に手を伸ばされそうになり、慌てて身体を折る。

下着まで聖爵に脱がせるなんて、さすがに申し訳なさ過ぎる。

傲岸不遜な態度をとることもあるくせに、アレクシスの面倒見のよさはなんなのだろう。ハルカのほうがとまどってしまう。

ばさりとトラウザーズを床に落として、生まれたままの姿になったアレクシスは、一足先に浴槽へ入ってしまった。

体を沈めたところで、濡《ぬ》れた手で髪を掻きあげる。その仕種《しぐさ》の、あまりにも艶めいた色香に、ハルカは眩暈《めまい》がした。

——くらくらと目を回してる場合じゃないわ……わたしが決めたことなんだから。

下着をすべて脱ぐと、胸が露《あら》わになっているのが恥ずかしい。

手で胸を隠しながらバスタブの縁に近づくと、アレクシスの手が腰に伸びて、早くしろと急《せ》かすように撫でる。

「ひゃぁんっ！　げ、猊下……くすぐったいから止めてくださいませんか？」

びくんと身が震えて、足を滑らせそうになった。

もたもたしていると、タイルの上で勇気が挫《くじ》けてしまいそうだ。

部屋の隅には焼いた石があり、さっきからアレクシスがハルカを待ちながらお湯を何度かかけていた。

お湯が石にかかると暖かい蒸気が立ちのぼり、部屋は裸でいても心地よい温度になる。

それでも裸のままでいると震えそうになるから、ハルカは思い切って、お湯を掻《か》き分《わ》けながら浴槽のなかに入った。

いくら広いバスタブだといっても、ふたりで入れば、どうしても肌が触れ合ってしまう。

アレクシスの長い足を避けて身を沈めようとしても、触れないわけにいかない。

——ど、どうしたら……いいの……こういうときは。

胸を隠したまま、アレクシスから顔を背けて、ハルカは俯いた。そこに、

「猊下……猊下と言ったか？　いま」

冷ややかな声にぎくんと身がすくむ。

「い、いえその……げ、げじげじがいたかなぁ……なんてそのぅ……あ、アレク……足を少し避けていただけませんか？」

認めてしまえば、なにか恐ろしいことが起きる気がして、苦しい言い訳をする。

その上で『アレク』という短い言葉を口にするのに、これほどの勇気を振り絞ったことはなかった。

裸のままでバスタブに入り、殿方の裸をちらちらと見ながら、その相手の名前を呼ぶ。これはとても精神力が削られる所業だ。

大学の長時間の実験でさえ、ここまで緊張を強いられることはなかっただろう。

しかも、アレクシスときたら、裸でバスタブに入っているくせに、やけに堂々としているのだ。むしろ、美しい裸体をわざわざ晒《さら》してやっているのだから、存分に眺めろと言わんばかりだ。

股間だって隠す必要を感じてないようで、透き通った水のなかに目を向ければ、堂々たる男性の象徴が見えてしまう。

見たい。でも恥ずかしい。

ハルカの心のなかで好奇心と羞恥とがぐるぐると渦巻いた。

「足が邪魔なら、こうやって身を寄せればよいだろう」

アレクシスはそう言うと、ハルカの身体を抱きあげるように位置を変え、身体を重ねるようにして抱きかかえてしまった。

「これなら、私の足がどこにあろうと気にならないはずだ。胸に手が届きやすいから、愛撫《あいぶ》もしやすい。難点をあげるとすれば、キスがしにくいことくらいか?」

ハルカが呆気にとられているうちに、アレクシスの骨張った手がハルカの双丘を包みこんだ。下乳から持ちあげるようにして男の人に触れられるのは、もちろん初めてだ。

「ひゃ、な、なにを……げ……アレク!」

猊下と口にしようとして、ハルカはとっさに叫んだ。声の大きさで言い間違いをごまかそうとしたのだ。

しかし、アレクシスの手は胸を持ちあげたまま。

なにやら不穏な気配が背後から漂ってくるばかりだ。

「いまのは……まぁ、ぎりぎり間違えなかったことにしてやろうか。ハルカ」

ほっとしたのもつかの間、顎に手をかけられ、無理やりな姿勢で振り向かせられる。

顎に手をかけられるのは、胸を触られるのとは違う意味でドキドキさせられてしまう。

そのぐらい、昼間のキスがハルカの記憶にも身体にも刻みこまれてしまったらしい。

「あ……」

振り向いて、アレクシスの顔が近づいてきたとたん、それがキスをする合図だとわかった。

目を閉じるより早く唇が触れ、甘い気分に浸ってしまう。

「ん……ンンぅ……」

ハルカはくぐもった声を零しながら、アレクシスに教わったとおりに、鼻で息を吸う。まだ完全には慣れていなくて、意識しないと息苦しくなるから、少しだけ必死だ。しかも、今度のキスは、ただ触れて唇を弄ばれるだけで終わらなかった。

ゆるく結んだ唇を割り開かれ、舌を入れられていた。

それが恋愛小説で言うところの『深いキス』だと知るのは、あとになってからのことだ。

突然、舌を挿し入れられ、ハルカは動揺してしまった。

アレクシスの舌で歯列をするりとなぞられると、くすぐったい。しかも驚いてしまい、呼吸が乱れてしまった。

「んっ、ふぁ、あぁん……――ンぅんっ」

鼻にかかった声が漏れるのが恥ずかしい。アレクシスに甘えているような声を自分が出しているのが信じられないくらいだ。

自分の声なのに自分の声だと思えなくて、乱れた声に頭のなかが侵されていく。

鼻にかかった声というのが、こんなにも情欲をかきたてるものだとは、ハルカは知らなかった。

「んっ、んんぅ……アレ、ク……だめぇ……も、ぉ……」

舌で舌を弄ばれると、なおさらぞくぞくと身震いしそうな心地が湧き起こる。

さらには、ハルカの身体が浴槽のなかで、滑りそうになるのを抱き留めながら、アレクシスの手がハルカの肌を愛撫する。

ゆったりと腋窩《えきか》からハルカの胸へと、繰り返し揉《も》み擦られるうちに、妙な気分になってきた。

下肢の狭間《はざま》が熱い。

抱きかかえられて、アレクシスに触れている肌がぞわぞわと粟立《あわだ》つ。

「んぁっ、あぁんっ……アレクぅ……や、ぁんっ……あぁ……ッ!」

いつのまに、そんなにも硬く起《た》ちあがっていたのか。

キスで口腔を蹂躙されながら、アレクシスの指先がハルカの胸の先をきゅっと抓《つま》んだ瞬間、電気が体中を駆け巡ったように、快楽が駆け抜けた。

びくんびくんっと濡れた裸体を震わせて、ハルカは軽く達してしまった。

ふぅっと意識が遠くなり、体が弛緩《しかん》する。

「いい反応だ。初めてのときは少し痛いかもしれないが、イくことを覚えるまでの辛抱だからな……」

ちゅっと音を立てて、頭の上にキスするのは慰めなのか。

ハルカがぼんやり抱かれたままになっていると、カタンという固い音がした。

背中から伝わる動きで、アレクシスがバスオイルを棚からとったのだとわかった。

アフタヌーンティーセットの入れ物を大きくしたような棚は、四段の皿がついていて、バスタブから手を伸ばして必要なものがとれるようになっていた。

かちかちというガラスが擦れる音のあとで、ふわりと甘い香りが漂ってくる。

花の甘さじゃない。香木のくすんだ甘さだ。

秘め事にふさわしい淫靡《いんび》な香りに、くらりと頭の芯が痺《しび》れた気がした。

「初めてのときは痛いかもしれないから、香油で滑りをよくしよう……最後にもう一度だけ聞くが、構わないいな？」

問われたハルカは、小さくうなずいた。何度か聞いたように、ハルカに問いかけているのに、否と言うことを許さない口調でもあった。

でも、もう引き返せない。

それに、男の人と裸でバスに入り、なにもなかったと言うことになったら、それはそれで生涯忘れられない傷になりそうだ。

「お、おねがい……シマス……」

恥ずかしさが頂点に達しており、ぎこちない声になった。

でも、口にすると覚悟が決まった気がした。

いつかは誰かに嫁いで、こんな日を迎えるはずだったのだ。

その相手が年配の聖貴族になるより、アレクシスのほうがいい。

顔がいいし、面白いし。うまが合うとでも言うのだろうか。ほんのわずかの間、話をしただけだというのに、どことなく波長が合い、そばにいるのが心地がよかった。

「ひゃ、うんっ！……な、なに!?」

ハルカが物思いに耽っていると、ぬるりとしたやけに滑らかな手で胸を撫でられ、ぞわりという震えが背筋を走った。思わず、素っ頓狂な声が出ていた。

「うん？　香油を塗って撫でるとよいだろう？　ほら、かわいい胸の果実が誘うように熟れているところを……」

ハルカの胸を腋窩から撫でていたアレクシスの手が胸の中心に触れ、硬く起ちあがった乳頭をぬるりぬるりと、油まみれの手で撫でる。

たまらずにハルカは乱れた声をあげた。

「ふぁ、あぁんっ……あっ、あぁんっ、や、ぅ……ア、アレク、だめぇ……！」

ぞくぞくと震えあがるような快楽に襲われ、ハルカの身が震えた。

さっき触れられていたのとは違う。香油を塗るだけで、こんなにも性感というのが直接的に呼び覚まされるとは思わなかった。

ふるんふるんと長い指先が胸の先を弄ぶ。そのたびに、胸の先が甘く痺れて、快楽の火が熱くなる。

触れられている胸だけじゃなく、下肢の狭間が疼くように熱い。

「あぁん……やぁ……こん、なこと……ふぁ、あぁん……」

胸の先をくりくりと弄ばれているうちに、淫らで甘やかな気分に浸らされてしまう。

はふりと熱い息を吐いて、ハルカはアレクシスの指に翻弄されるままになった。

「気持ちよさそうな声が漏れてるよ、ハルカ。もっともっと快楽に乱れたキミが見たいな……」

強い愉悦を感じているときに、アレクシスの美声を聞かされるのもよくない。

うっとりとした心地と快楽というのは、こんなにも近しいものなのだ。これはハルカにとって新たな発見だった。誰かに話せるような発見ではないけれど。

——溺れて……しまいそう。

そんな感覚にハルカが陥っていることに気づいているのかどうか。

アレクシスは片方の手を臀部《でんぶ》の下に回して、ハルカの身体を持ちあげるようにして、濡れた秘処に触れた。

「ひゃぁあっ、な、なに……あぁぅ……や、ぁん……ふぁッ！」

疼きを感じていた陰部は、すでに自ら濡れていた。そこに、香油に塗れた手を伸ばされ、ぬるぬるとした感触がより生々しく快楽を掻きたてる。

最初は大きな手が陰部全体をさすり、溢《あふ》れた蜜を絡めて割れ目を何度も辿《たど》った。水のなかで触れられているから、彼の動きに合わせて、ときおり水音があがるのが妙な気分にさせられる。

ちゃぷちゃぷんちゃぷんと音がするたびに、下肢の狭間で感じるところを指が掠めていく。

——猊下の長い指が……。

あの綺麗な指が自分の下肢で愛液に塗れているかと思うと、死にたいほどの羞恥に襲われる。

それでいて、申し訳ない気持ちでさえ、快楽を増す刺激になっているようで、指が下肢で動くたびにぞくんぞくんという快楽が強くなっていった。

「んぁあっ……あぁん……これが、子作りの手順、なのですか？　さっきは痛いって言ってたのに……あぁんっ」

痛いどころか気持ちよすぎて意識が吹き飛びそうだ。

頭の芯がとろとろに蕩けて、甘い蜜に浸っているみたい。

「もちろんだとも。子作りの前段階として間違っていない。これからだ、痛くなるのは。でもなるべく痛くないようにする……ハルカ」

色気を帯びた声で名前を呼ばれると、ぶわっと火がついたように顔が火照る。

その声の威力を、アレクシスはよくわかっているのだろう。破壊力がありすぎて、なんでも言いなりになってしまいそうな自分がいた。

「は、はい……なんで、しょう。アレク……んっ、痛っ……あぁんっ」

いままで辿るだけだった割れ目に指を挿し入れられ、鈍い痛みに呻く。

なのに、痛みを覚えるのと同時に胸の先を弄ばれ、ぞくりという快楽も走る。

びくり、と裸体が震えたのは、痛みのせいなのか快楽のせいなのか。

——ああ……どうしたら、いいの。

性戯の知識がないハルカは、どうしたら自分を保てるのかわからなかった。息苦しくてどうしたいかわからなかったキスと同じだ。

「あ、あの……アレク？　こ、こういうのもキスと同じで、楽になるコツがあるんですか？　ふぁ、う……あぁんっ、やぁ、きちゃう……あっあっ……！」

問いかけているうちに、アレクシスの下肢をまさぐる指先が敏感な芽を探り当てて、ハルカは急速に快楽に上りつめさせられてしまった。

「ふぁ……あぁん……あぁ……」

腰をくねらせて快楽を貪ると、しどけない吐息が零れる。

「コツというのは……難しいな。体を楽にして、私に身を任せてくれていればいい。息を詰めて身を硬くすると、辛いかもしれないからな」

「そ、そうなんですか……ひゃっ」

コツはないと言われて、少しだけ意気消沈したハルカの耳が柔らかいものに触れた。びっくりした。

下肢に集まっていた意識が一気に耳に移り、愉悦に蕩けた意識が覚醒する。

「な、なに!? ふ、ぇ……くすぐった……あぁんっ、耳、ダメ……ひゃ、あぁっ」

ハルカは身悶《みもだ》えて、子どもがむずかるようにいやいやをした。

その仕種が子どもっぽかったせいだろうか。くすりと、まるで花弁が零れたように軽い笑みが耳元で響き、アレクシスの唇が触れているとわかる。わかってもなおくすぐったい。

しかも、いやいやをしても、耳を弄ぶ唇は離してくれなくて、ハルカはぶるりと堪えきれない身震いをした。

「ハルカは、耳が弱いのかな。かわいい……耳まで熟れた林檎《りんご》より真っ赤になって……食べてしまいたくなる……」

言葉遣いはもの柔らかいのに、ぞくりとするほど色香を帯びた声だ。

アレクシスはさっきからそんな声を出すことがあったが、それはハルカを捕食しようとしているときの声に聞こえた。

――ああ、わたし……こんなことをしてよかったのかしら。

ただ、遊ばれて捨てられるかもしれないという気持ちと、自分の都合にアレクシスをつきあわせて申し訳ないという気持ちが、ぐるぐると心のなかに渦巻く。

そのうちに、下肢の割れ目を穿《うが》っていた指が一本から二本に増え、三本に増え、ぬるぬると、香油の滑らかさを借りて、ハルカの狭隘《きょうあい》なところを広げていた。

痛みはあるけれど、耳や胸に与えられる快楽のせいで、痛みのことばかり考えていられない。

「そろそろ、いいかな……わたしはかわいい奥さまが早く手元に欲しいからね。遠慮はしないよ、ハルカ」

そんな言葉をかけられたかと思うと、体をくるりと回された。

たちまち、水に濡れた聖爵の堂々とした姿が視界に入る。

「……本当に真っ赤になって……キミはかわいいな。その生真面目そうな顔が、真っ赤になった瞬間にかわいさが花開く様なんて……男にはたまらない。まるで聖爵たる私を堕落させるかわいい魔王のようだな……」

そんな睦言《むつごと》を呟いたアレクシスは、ハルカの体をバスタブの背に押しつけるようにして、太《ふと》腿《もも》を大きく開かせた。

アレクシスの反り返った男性自身が目に入り、ぎくりと身が竦《すく》む。

あんなものは入らない——そう思ったのに、体を割り裂かれるような痛みが告げていた。そうではないと。処女を奪われてしまったのだと。

——わたし、お祖父《じい》さまに、初めて逆らったのだわ……。

痛みを感じているのに、心は満たされている。

これがハルカの望みだった。家の人の言いなりで結婚しないことが。

「ん……狭い、な……血の匂いは気にならないほうかい？　動いて、いいかな。私も、ずっと我慢しているのは辛いんだ。我が未来の妻を少しは堪能させてもらっていいかな？」

——未来の妻。

本当だろうかと疑う気持ちはあったけれど、ハルカは小さくうなずいた。声を出す余裕はない。

思っていたよりずっと苦しい。さっきまでの快楽が嘘《うそ》みたいだ。

「大丈夫。すぐに気持ちよくさせてあげる。キミのかわいい声は極上の響きだ……ハルカ。そのかわいい喘ぎ声をたくさん聞きたい……んっ」

なにがそんなにうれしいのか。

艶めいた微笑みを浮かべて、アレクシスはハルカの唇にチュッと啄むようなキスを落とした。

体を貫いているときにキスをするのは、どういう意味なのだろう。

どきどきさせられて、体の痛みを忘れそうになる。

実際には忘れるわけがないのだけれど、今日何回もキスをされたせいか、アレクシスの唇が触れるだけで、頭の芯が甘く痺れてしまう。

「ふぁっ、あぁん……痛っ……アレク……体が壊れ……あぁんっ」

ハルカの下肢を貫いていた肉槍が、膣壁を引《ひ》き攣《つ》るようにして引き抜かれ、また奥を穿つ。

硬度を保ったままの肉槍が奥深くにみっちりと収まると、胃の底が迫《せ》りあがるように苦しい。

なのに、苦しさを耐えるようにアレクシスの体に手を回すと、この情交に満たされている自分がいるのだった。

――こんな日がわたしにやってくるなんて……夢かもしれない。

アレクシスの首の後ろに回った指が、彼の濡れた髪に触れる。

逞しい体にこんなふうに身を寄せて、抱き合っている人の髪を指に絡めて。

それがキスと同じくらい甘やかな気分に浸らせてくれるなんて。

「ひゃ、あぁ……んっ、あぁ……あっ、あぁっ――……」

ハルカはこの日をきっと忘れないと思った。

痛みを感じているのに、肉槍に抽送を繰り返されるうちに、ぞくんという愉悦が腰の奥で疼いてきた。

ちゃぷちゃぷと、アレクシスの律動に合わせて、水音が響き、それに合わせて、愉悦の波が昂《たか》ぶってくる。

「アレク、アレク——あぁ……あぁんっ……！」

ぶるりと大きな快楽が背筋を這《は》いあがるのが怖くて、ハルカは夢中でアレクシスを呼んだ。鼻にかかった声で名前を呼ぶたびに、アレクシスがうれしそうに口角を上げていたことに、切羽詰まっているハルカは気づかない。

びくんと体を仰《の》け反《ぞ》らせた瞬間、白濁とした液を吐き出されたことも、その意味も考える余裕はないまま。

痛みを感じていたことも忘れて、ハルカは絶頂へと上り詰めさせられてしまった。

† † †

ふっと意識を取り戻したとき、ハルカはふわふわとしたタオルに身を包まれているところだった。

「アレク……？」

不思議なことに、すんなりとその呼び名が口を衝いて出る。

猊下と呼ぶべきだと頭の片隅で思うのに、ハルカにとっては彼は赤の聖爵猊下ではなく、『アレク』として定着してしまったらしい。

「まだ寝ておいで。疲れただろう……女性は初めてだと体がきついというから」

そう言って、タオルで肌の水気をとったあとで、乾いたバスローブを着させてくれる。ふかふかして気持ちいい。極上の心地だ。髪を撫でられるのも心地よくて、ハルカはまたうとうとしはじめた。

聖爵の腕を揺り籠に微睡《まどろ》むハルカは、ゲストルームのベッドに下ろされたときも、もう目を覚まさなかった。

ベッドには温石が入れてあって十分温められていたから、冷たさに飛び起きることもなかった。

「おやすみ……我が未来の妻。よい夢を。早くキミに子どもができることを祈っているよ」

そんな言葉とともにアレクシスが額にキスを落としたとき、ハルカはもう、すぅすぅと安らかな寝息を立てていた。

# 第三章　告解室の情事は背徳のよろこびに浸りながら

アレクシスとの初めての行為をした翌朝のこと。

ハルカは体が痛むあまり、すぐには起きあがれなかった。体の芯がつきつきと痛み、何とか起きあがったとしても歩ける気がしない。

「でも、顔を出さなかったら、ソフィアが心配するだろうし……」

友だちの顔を思い出すと、どうにか気力を振り絞れる気がする。

天蓋付のベッドの支柱に捕まりながら、よろめく体を支えていると、ありえないことに、ノックもなく扉がガチャリと開いた。

「おはよう、ハルカ！　気分はどうだ……っと、起きていたのか。朝食だぞ」

朝から鬱陶《うっとう》しいまでに煌《きら》びやかな人だ。

人を呼んで支度を手伝わせたのだろうか。金糸の縁飾りのついた白い聖職者服に、聖爵であることを示す聖獣レアンディオニスの文様が描かれた肩掛けまでつけている。

肩掛けの色は赤。赤の聖爵であるなによりの証だ。

「お、おはようございます……朝食……」

動くのは大変だが、食事のことを考えたらお腹が空いてきた。

それに夕餐のときの料理は美味しかったから、セント・カルネアデスの料理人は腕がいいのだろう。

朝食もきっと期待できる。

大学の寮で貧しい食事ばかり食べているから、美味しい料理が恋しかった。食い意地が張っていると言われればそれまでだが、今朝は特にお腹が空いていた。

——子どもを作る行為って、きっとお腹が空くんだわ……。

きゅうきゅうと切なく空腹を訴えるお腹を宥《なだ》めながら、どうにか体の痛みを堪えて動こうとしていると、不意にアレクシスが近づいてきた。

「な、なに……？　きゃあっ！」

問いかけに返答があるより早く、ぐるりと視界が回る。

まるで重さなんて感じていないかのように、アレクシスの腕に抱きあげられていた。

「ちょっ……なにして……ア、アレク！　おろして！」

びっくりしすぎて、腕のなかで暴れることもできない。

それにハルカはバスローブ姿で、アレクシスはすでに正装をしているというのも、決まりが悪かった。

「うんうん。昨日の今日だから心配していたが、ちゃんと私の名前を覚えていてくれたようだ。朝からお仕置きする羽目にならなくて、よかったのやら残念やら……」

「き、昨日の約束ぐらい、ちゃんと覚えています！　だいたい、お仕置きってなんですか。ま、まさか……」

朝から昨日の続きをさせられるのだろうか。

一瞬だけ想像してしまい、ぎくりと身が竦んだ。同時に下肢の狭間が熱くなった気がするのは、きっと気のせいだ。気のせいということにしておきたい。

「それもいいな……しかし、さすがに今日の礼拝には出なくては。カイルとの約束があるのでね」

アレクシスはそう言うと、ハルカを抱いたまま、主室への扉を開き、そのまま昨日情事に及んだ浴室の方へと歩いていく。

お仕置きはないと言ってたのに、と身構えてしまったが、そうではなかった。

脱衣所には侍女がいて、ハルカの制服にブラシをかけていた。

「おはようございます。お嬢さま。今日の身支度をお手伝いさせていただきます。侍女のイボンヌです」

そう言って、黒のワンピースにエプロンドレスのお仕着せを着た侍女は、体を沈めるお辞儀をした。

頭に被った小さな帽子がかわいらしい。

何度か見かけた、セント・カルネアデスのお仕着せだ。

以前、ソフィアからセント・カルネアデスの聖殿は人手不足だと聞いたことがあったが、最近はさすがに勤め人が増えたのだろうか。

イボンヌは慣れた手つきで制服を衣装掛けにかけ、ハルカに問いかける。

「こちらの制服でよろしいですか？　それとも、ドレスにいたしますか？」

一応、トランクにはドレスを一着詰めこんできたが、着る気分ではなかった。

それに礼拝なら、制服のほうが目立たないはずだ。

「せ、制服でいいわ」

ハルカが簡潔に答えると、アレクシスが脱衣所に下ろしてくれた。相手は侍女とはいえ、妻でもないのに、聖爵の腕に抱かれているところを見られてしまった。

――ううん……子どもができるまでやるのよ。こんなささいなことで、気まずいと思っていたらキリがないでしょう。

ハルカは無理やり自分自身に言い聞かせて、侍女がバスローブを脱がしてくれるのに従った。

さっきまで痛みで歩けないと思っていたのに、制服を着ると背筋がぴんと伸びて、痛みが遠のく気がする。

「お嬢さま、綺麗な黒髪ですねぇ……艶々しておられる……」

「そうかしら？　ありがとう」

聖ロベリア公国では、ソフィアのように色素の薄い髪の色が多い。

ハルカの髪の色は亡くなった祖母に似たのだと言われている。

しかし、家族はみんなアレクシスと同じように、明るい茶色の髪だ。そのせいもあり、どちらかというと、ハルカは自分の髪が苦手だった。

それでも香油を垂らしたあとでブラシで丁寧に梳かれた黒髪は、確かに綺麗に光っていた。

軽く化粧も施され、支度をすませて居間に出ていくと、香ばしい香りが漂ってくる。

食卓を見れば、飾り皿に綺麗に盛りつけされたサンドイッチが並んでいた。アレクシスが礼拝に行くと言うから、簡単に食べられるものを用意してくれたのだろう。

ハルカが席に着くと、スープを給仕が用意してくれた。

テーブルには福寿草のブーケが飾られ、目にも楽しい気分にさせてくれる。

隣には見目麗しい聖爵。

国中の未婚の女性が狙っているであろう男性と、心地よい朝を過ごしているなんて、くすぐったい気分だ。

――まだ結婚したわけじゃないのに……。

「なんだか、本当に新婚さんの朝みたいだな」

ハルカの思考を先取りしたような声がして、どきりと心臓が跳ねた。

思わず吹き出しそうになるのを堪えて、食べかけのサンドイッチをどうにか呑みこむ。

「……ま、まだ結婚はしてません」

「まぁ、時間の問題だな」

自慢げな顔で言う根拠はなんなのだろう。アレクシスは精力絶倫で、昨夜のようなことを連日できるのだろうか。

正直、ハルカには無理だと思った。夜、あんなふうに貪られて、朝は下腹が痛くて起きあがれないなんて――とてもじゃないが、毎日は続けられない。

それに、ハルカは知っていた。

――子どもが作りたいと思っても、すぐにできないこともあるじゃない……。

都合が悪くてなかなかできないこともあるし、そもそもどちらかの体に問題があれば、子どもはできないのだ。

「そんなこと……時間の問題だなんてことはないわ……」

小さな声で反論する。

少しだけ、極上の朝に水を差された気分だ。この話題はしたくない。

「と、ところで……アレク。えーっと……礼拝。そう、礼拝に出ると言うことは、もしかしてカイルといっしょに聖典詠唱をするのでしょうか?」

なにか話題を変えようと考えていると、煌びやかな正装が目についた。

礼拝のための服装だ。

神の威光を体現する聖爵は、聖職者であるとともに、為政者でもある。

信徒国民にその存在を印象づけるために、光の色である金糸をふんだんに使った服装を纏う。

年配の聖爵が長い肩掛けを翻して祭壇に立つのも、それはそれで愛らしさと威厳があっていい。しかし、アレクシスやカイルのように、若く、体格のいい聖爵が盛装を纏う様は、近くで見ていると、圧倒されてしまう艶《あで》やかさがあった。

――それに、昨日少しだけ聞いたアレクの声は綺麗だったもの。今日の礼拝はレアだわ。

三角に切られたサンドイッチをひとつ食べ、ふたつ食べるうちにお腹も満たされて気分がよくなってくる。

「キミは……よく食べるな」

あきれられたのか、感心されたのか。

アレクシスの声に、ハルカははっと我に返った。

本来、淑女というのは、少食が嗜みとされている。

間違っても普通の令嬢は、朝からぱくぱくとサンドイッチを平らげて、食事を共にしている男性より先に皿を空にしたりはしない。

――ま、間違えた……ここは学院で躾けられた、鉄壁の淑女マナー教育の成果を見せるところだったのでは!?

焦ったところで、目の前の皿にサンドイッチが戻ることはない。湧いてくることもない。

言葉に詰まっているハルカの様子を、アレクシスは違う意味にとったようだ。

「そんなにお腹が空いているなら、ほら、私の分も食べるといい」

親切にも口元にサンドイッチを差し出されてしまった。

しかも、さっき食べたなかでは、もっとも好きな味の、胡椒《こしょう》付きスモークチキンのサンドイッチだ。

胡椒は遠方から輸入される高級品だから、いつでもどこでも食べられるというものではない。

それに、スモークチキンがまた絶品の味で、胡椒と塩味が効いているのが、贅沢な一品だった。

ぱくり、とつい口が動いてしまったのも無理はないだろう。

淑女なら絶対にやらないと思うのに、ハルカは聖爵の手からサンドイッチを食べてしまった。

――しまった……礼儀作法の先生方がいまのわたしの所業を知ったら、きっと卒倒してしまうわ……。お許しください、ミス・ロビンソン……。

女学院時代の厳しい担任の顔を思い出して、ハルカは心のなかでだけ敬虔《けいけん》に頭を垂れ、謝罪をした。なにせ、口にはアレクシスからもらったサンドイッチが入っていて、言葉を発することはできなかったからだ。

もぐもぐと、聖爵手ずから饗《きょう》してくれたサンドイッチを、最後まで口に入れる。

咀嚼《そしゃく》したサンドイッチをどうにか呑みこんだハルカは、何事もなかったかのようにナプキンで口元を拭い、背筋を正して、淑女然とした振る舞いになった。

「……ご、ごちそうさま。アレク。大変おいしい食事でした。しかし突然、サンドイッチを口に突っこむのは、やめていただきたいと思います」

するとハルカのその豹変《ひょうへん》ぶりが、アレクシスの笑いのツボにはまったらしい。

「く……くくく……。サンドイッチをこれだけ平らげるとは……ははははは」

ひぃひぃと涙を流して笑っている聖爵を、ハルカは無表情を貫きつつ震えている給仕を見習い、見なかったことにした。

† † †

春の祝祭とあって、花籠が大聖堂のあちこちに飾られていた。

もともと、聖殿で用意した花籠も多いが、大半は寄進だ。

この時期に正殿を訪れる信徒はみな、大小の違いこそあれ、花籠を手に聖殿にやってくる。

聖獣レアンディオニスは花が好きだからだ。

ファサードの前には、花で作った大きな聖獣レアンディオニスが飾られ、子どもたちはたいそうよろこんでいた。

十時の鐘が鳴り響き、大扉が閉められると、祝祭の礼拝がはじまる。

薔薇《ばら》窓のステンドグラスから射しこむ光に、天井からつり下げられた自在鉤に飾られたばかりの花籠が大きく揺れる。

鐘の音の最後の響きが消えると、パイプオルガンの荘厳な音楽が天井から降ってきた。

何度聞いても、敬虔な気持ちにさせられる音色だ。

まるで神の威光そのもののような音楽に心打たれていると、鈴とリボンがついた聖杓を手にした聖職者がふたり、祭壇の前に歩いてきた。

ひとりは当然のように、この聖殿の主、青の聖爵カイルだ。

彼はふだん、黒の聖職者用の長衣を好んで着ているとの話だったが、今日は礼拝用に、金糸の飾りがふんだんについた黒衣に青の聖爵を示す肩掛けを纏《まと》っている。

黒髪に青い瞳を持つカイルは、静かな威厳を放っていた。

もうひとりは、赤の聖爵アレクシスだ。

今朝見たとおりの白い長衣を着ているところは、黒衣のカイルとは対照的に、華やかな印象を与える。

ふたりして並ぶと、対照的な美を体現しているようで、近くの席にいたご婦人方が、いっせいにほぅっという感嘆のため息を吐いたのがわかった。

今日の礼拝は、赤の聖爵アレクシスを招いての特別なものである旨が述べられ、カイルが先導するように、祭壇の上に置かれた、詠唱用の聖典を開いた。

蛇腹状になった巨大な聖典だ。

彼らはおそらく今日の聖典を諳《そら》んじているのだろうが、これは形式的な手順だ。聖典は机いっぱいに広がっていた。ふたりで見ても問題はない大きさだ。

聖杓の鈴が鳴らされ、カイルが口を開く。

「時の章の詩篇、第十章緑羽の記――

『花の季節が来る。待ちかねていた春が。

鳥は歌い、蝶《ちょう》が舞う。雪解けの季節だ。

聖獣レアンディオニスが羽を大きく一打ちすると、大地はたちまち暖かさを取り戻した。

いまよりこの花が枯れるまで、夜も篝火《かがりび》を絶やさず、祭りをしよう。

そうすれば、魔王は春に手を出せない――』」

カイルの低く朗々とした声が抑揚をつけて聖典を詠唱すると、そこに合いの手を入れるように、凛とした声が追いかけて入った。

アレクシスの声だ。

「『祝祭の火を掲げよ！　花籠を捧げよ！

聖獣レアンディオニスを讃《たた》える歌を繰り返し歌おう。

言祝《ことほ》ぎを地に満たせ。百花繚乱《ひゃっかりょうらん》の華やぎこそ、魔王を退ける力。

祝祭の火を掲げよ！　花籠を捧げよ！

その歌の響きこそ、この地にしあわせを呼ぶ力――』」

ふたりの声の質が違うせいか、声が重なっているところでも、言葉がはっきりと聞きとれる。それでいて、響きの重なり合いがお互いを邪魔せず、美しい唱和をなしていた。

――この詠唱を聞けて、感動だわ……。

ちらりと招待席の隣に目を向ければ、ソフィアも熱心に祭壇を見つめていた。

ハルカがいる場所は、貴族のための招待席の一番前で、聖爵を見つめるにしても聖典詠唱に聞き入るにしても特等席だった。

話をしているときのアレクシスは、傲岸不遜な態度を見せることがあった。まだ知り合ったばかりなのに、人の悪い笑みを浮かべて何度からかわれたことか。

しかし、真剣な表情で、祭壇の前に立っているところはさすが聖爵だ。

様になっていて格好いいし、目を奪われてしまう。

聖杓の鈴を鳴らして身じろぎすると、ときおり、天窓から射しこんだ光が明るい茶髪にかかり、神々しくさえ見えた。

――この人に、昨夜、抱かれてしまったなんて……。

まだ信じられない。

ふたりの声が重なった唱和が、やけに厳粛に聞こえるからだろうか。

祭壇の前に立つアレクシスは、食卓で話をしていたときとは違い、聖職者らしい禁欲さを漂わせていた。

ハルカを宥めながら抱いた人と同じ人物とは、とうてい思えない。

ふたりが謳う聖典の最後の響きが消えたところで、万雷の拍手が湧き起こった。

ハルカ自身も、本当に引きこまれてしまった。

手が痛くなるくらい拍手をしていると、アレクシスの視線がこちらを向いた。

――あ……。

目が合った瞬間、胸がとくんと跳ねて、頬が熱くなる。

これだけたくさんの人がいるなかで目が合ったなんて、ただの思いこみかもしれない。

これまでのハルカだったら絶対に気のせいだと思い、胸の高鳴りにも気づかなかったふりをしたはずだ。

だって、こういうのは、遠くから見ていると誰もが、『自分と目が合った』などと思うものなのだ。

――気のせい気のせい……ひゃ……う、嘘！

自信過剰な思いこみを頭から消し去ろうとしていたのに、垂れ目がちな紫色の瞳からウィンクされ、頭のなかが混乱した。

「きゃあっ、見た⁉　いまの。私に向かってアレクシス猊下《げいか》がウィンクなさったわ！」

「いいえ、私よ！　いまのは絶対、私を見てウィンクなさったに違いないわ」

招待席の背後で、若い令嬢が感極まった声をあげたのが耳に届く。

しかし、いまのは間違いない。自信過剰と非難されようとなんだろうと、間違いなくハルカに向かって片目を瞑《つぶ》っていた。

「ア、アレクったら……いったいなにを……」

頬の熱がますます上がった気がして、ハルカは目線を床に落とした。

大勢の人が見ている礼拝なのだ。

祝祭というのはお祝い事ではあるが、厳粛な礼拝でもある。

いくら聖典詠唱が終わったあとだといっても、歌手や役者のように拍手に応える聖職者なんて、聞いたことがない。少なくともハルカは知らない。

照れくささと羞恥心といたたまれなさと、さまざまな感情が襲ってきて、ハルカは顔を上げられなくなった。背後のほうで、

「アレクシス猊下は私を見てくださったのよ」

「いいえ、私よ」

なんて言い争いをしている令嬢たちにも申し訳なくて、身を縮めてしまう。

しかも、招待席の隣に座っていたソフィアが注意を引くように、肘でつついてきた。

「ね、赤の聖爵猊下はハルカにウィンクしたんじゃない?」

さすがに、最前列にいたソフィアはわかったようだ。ほかの人に聞かれないように、声を落

として話しかけてくる。

「……そ、そうかも……しれないけど、困るわ」

もし、それが本当だと背後で言い争いをしている令嬢たちに知られたら、どんな恐ろしいことが起きるのやら。

女学院育ちのハルカは、女性の嫉妬の恐ろしさをよく知っている。

美しい化粧で着飾っているその裏側では、自分の利益のために他人に毒を吐く令嬢たちを、何人も見てきたからだ。

ソフィアは裏表のない天真爛漫な性格で、だから仲よくなれた。

しかし、アレクシスの色男めいた振る舞いは、多くの令嬢に争いの種を振りまくようなものだ。それを知っているだけに、いたたまれない。

――こんな……人前で注目を浴びたくないのに。

どういうつもりなのか。

あとで会ったら、ああいうことはやめてほしいとお願いしようか。

そんなことに意識を奪われていたせいか、招待席で自分を見つめる視線があることに、ハルカはずっと気づかなかった。

「失礼。もしかして、あなたはラクロンド家のご令嬢では？　一度、お見合いの席でお会いしたはずですが、覚えておいでではないですか？」

人を掻き分けて近づいてきた男性が、ハルカの顔をのぞきこむようにして、話しかけてきた。

――『ラクロンド家のご令嬢』。

その言葉にぎくりと身が強張《こわば》る。

はっと声をかけてきた人を見上げれば、壮年の、髭《ひげ》を蓄えた紳士がいた。

ハルカより二回りは年上の聖貴族で、名前までは覚えていないが、確かに見覚えがある。

先日、見合いをさせられて断ったはずの相手だ。

先方から色よい返事があったから家に帰ってこいとの連絡が来たが、それも断った。

ハルカのほうは、その人を好ましいと思わなかったからだ。

見合いの席では、ハルカは髪を結いあげ、ドレスを身に纏っていたはずなのに、制服の後ろ姿を見ただけで、よくわかったものだ。その点だけは感心させられるけれど、友だちのところへ遊びに来て、会いたい人ではなかった。

しかし、嘘を吐いてまで否定するのも気が引ける。

――どうしよう。ここで認めてしまったら、大学の寮じゃなくてセント・カルネアデスにいるのが家にばれてしまうかも……。

この聖殿にまで連れ戻しに来るとは思わなかったが、できれば知られたくない。昨夜、アレクシスと関係を持ったあとではなおさら。

ハルカが逡巡《しゅんじゅん》していると、その様子を祭壇の前から見ていたのだろう。

アレクシスが招待席に近づいてきて、手持ちの聖典を唐突にハルカに押しつけた。

聖典は蛇腹に開くもので、両手で胸に抱えないと落としてしまいそうな大きさがある。ずるりと手からとり落としそうになり、ハルカは慌てて抱え直した。

「悪いが、キミ。ちょっと手伝ってもらっていいか」

彼は、目についたものに言うような気軽さで言った。

「え、あ……はい」

聖典を手に抱えて、ハルカは曖昧な返事をする。

修士に頼めばいいのに、なぜ自分に頼むのだろうと一瞬考えてしまったハルカは、察しが悪かった。

アレクシスはハルカが困っていると見て、助け船を出してくれたのだ。

祭壇の隣を通り抜けるときに、アレクシスとカイルが目配せする。あとは頼んだよとでも言わんばかりだ。

この聖殿の主、青の聖爵カイルは、このあと説教をし、礼拝の進行を見守るのだろう。

ゲストの赤の聖爵はここで奥に下がるというのが、元から決まっていた進行なのか、ハルカにはわからない。

しかし、大聖堂から城館へと続く扉をくぐったとたん、ほーっと安堵《あんど》の息を吐いてしまった。

先を行くアレクシスは振り向かず、そのまま回廊を歩いていくから、慌てて追いかける。

「あ、あの……アレク。ありがとう」

無言の背中に話しかけると、赤の聖爵を表す肩掛けがひらりと風に翻った。

「あの男は、キミのなんだ？」

「は？　え、あの？　なんだとはどういうことでしょう？」

あらためて問われると説明しづらいことに気づく。

見合いをした相手だが、ハルカとしては断ったのだから関係はない。

ようするに通りすがりの聖貴族だ。

もしかすると、祖父はまだハルカの婚約者候補に考えているかもしれないが、ハルカとしては断固拒否したい相手だった。

しかし、ハルカの言葉を曖昧に濁されたと受けとったらしい。

アレクシスの纏う空気が一変し、回りの空気が冷ややかになったような気さえした。

「私には説明したくない相手と言うことか？」

低い声とともに、急に視界が暗くなる。

なにかおかしいと思ったときには、ハルカは回廊の壁際に追い詰められていた。

顎に手をかけられて顔を上げさせられると、なにか危険な兆候だとさすがに理解した。

――なにこれ、どういうこと⁉　まさか……まさか、アレクはさっきの聖貴族に嫉妬してるとか？

ありえないと思いつつも、むっとした顔からは苛立《いらだ》った気配が漂う。

「え、あ、あの……アレク？　ちょっと待って誤解です——んんっ」

言い訳の言葉は途中で封じられる。

ハルカはそのまま、回廊の陰で口付けられてしまった。

「んっ、ふ……ンンっ」

なんで突然こんなことになったのだろう。

唇の上を貪るように蠢《うごめ》くアレクシスの唇を生々しく感じながら、ハルカはとまどいを押し殺した。

昨日、四阿《あずまや》でキスしたときは、甘い雰囲気が漂っていた。しかも、目隠しに覆われてのキスだったから、誰にも見られなかったはずだ。

でも、いまのキスはどうだろう。

大聖堂では、聖貴族に話しかけられて困っていたハルカを助けてくれたように見えた。多分、それは間違っていない。しかし、いまの彼は甘い雰囲気を纏ってなくて、嗜虐的《しぎゃくてき》でさえある。

なによりここは回廊なのだ。

光溢れる中庭とは対照的に、連続する柱が連なる回廊の影は濃い。

中庭からは陰に人がいても気づかないこともあるが、回廊を通るものには絶対に気づかれてしまう。

「だ、め……人に、見られたら……んっ」

アレクシスの唇が離れたところで、ハルカは喘ぐように訴えた。

快楽を知ってしまった唇が、小さくわななく。

ハルカの真っ直ぐな黒髪が、清冽《せいれつ》な印象を与えている一方で、その唇はやけに猥りがましく濡れていた。

「いいんだ。もっともっと、人に見られたら困ることをしよう？　ハルカ。本当はキミだって人に見られたら困ることが好きなんだろう？」

低い声が嗜虐的な響きを帯びて、ハルカの耳を冒した。

——ああ、まただ。

とくん、とハルカの鼓動が震えるように跳ねた。

アレクシスの誘いは甘やかで、それでいて畏《おそ》ろしい。

——まるで、禁断の果実を差し出されているかのよう……。

魔王から堕落の誘いを受けているかのごとく、身が震える。しかも、誘いかけてくるのは、聖爵なのだ。

人々を魔王から守ってくれるはずの守護者。

さっき美しい旋律を歌ったはずの唇が、妖しくハルカの唇を貪り、ぞくぞくと背筋を震わせる。堕落させられてしまう。

——もっともっと、人に見られたら困ることをしよう？

その背徳的な誘いは、まるでハルカの心を見透かしているのようだった。

規律を守るべき立場の聖爵とスキャンダラスな関係になっているかと思うと、なおさら、その言葉が妖しい魅力でハルカを惹きつける。

「んっ、ンン……あぁ……や、ぁん……アレク……」

アレクシスの唇がハルカの唇を十分なほど弄んだあとで、舌が口腔に挿し入れられると、昨夜の情交の記憶がよみがえるのだろうか。

触れられている口腔ではなく、腰の奥がずくりと熱く疼いた。

快楽を感じた瞬間の、わずかな震えを、アレクシスの手のひらが感じとったらしい。

さらに快楽を掻きたてるように、腰に手を回され、体を引き寄せられた。

「ンあ……あぁん……ンンぅ……んっ、んっ……」

舌がハルカの舌を絡めて器用に動くたびに、きゅうきゅうと唾液腺が痛くなる気がする。口腔の性感帯が、ぞわぞわとハルカの体中を愉悦で侵していく。鼻にかかった喘ぎ声がねだるような響きを帯びた。

ここが回廊であることを忘れて、アレクシスの口付けと手のひらの愛撫だけが、ハルカの感覚のすべてになる。

その次の瞬間、ぱたぱたという足音が聞こえて、ハルカはギクリ、と身を強張らせた。

「んんぅ……！　ん～ん～！」

人が来たから放してほしい――。

そんな意味をこめて、呻《うめ》き声《ごえ》と、胸をパカパカ殴るのとで訴えたのに、アレクシスの唇は一向に離れてくれない。

焦るあまり呼吸が乱れてしまい、息が苦しくなった。

「しぃ……いいから……大丈夫」

アレクシスはハルカを腕に抱くようにして少しずつ体の位置を変えると、近づいてきた足音からハルカを隠したまま、回廊を歩き出した。

一瞬、足音が止まったのは、おそらく聖爵であるアレクシスがいることに気づいて、挨拶をしたためだろう。

腕に抱かれたままでも、挨拶に応えたアレクシスがうなずいたのがわかった。

見られただろうか。気づかれていないだろうか。

回廊でのキスなんて、心臓に悪い。嫌な汗が全身に噴き出して、鼓動が耳元で聞こえているかと思うほど、どきどきとうるさい。

アレクシスに半ば抱きあげられ、半ば引きずられるようにして連れてこられたのは、回廊の奥の小部屋だった。

部屋の作りは告解室に似ている。

聖獣レアンディオニスの像は木彫りで、古めかしく深い飴色《あめいろ》の艶が出ていた。

「この聖殿は少しずつ増築されているからね。ここは大昔の告解室なんだ。大聖堂を修繕したときに、この場所に移したらしい」

告解室という響きにドキリとする。

告解室というのは、司祭に自分の罪を話し、許しを請うための場だ。

狭い部屋は密室になっていて、本来は司祭と許しを請う罪人《つみびと》は顔を合わせないことになっている。

奥に聖職者が入る場所があり、こちら側にベールで顔を隠した罪人が座る椅子があった。

背もたれのない簡易な椅子が、拷問の椅子のように棘《とげ》を備えているように見える。

一瞬ドキリとして後ずさりしたけれど、錯覚だった。

木の椅子に茨《いばら》が絡まっているような文様が、わざわざ描かれているのだ。

「秘密の関係を続けるのに、これほどふさわしい場所はないだろう？」

もったいぶった声を出したアレクシスはハルカの手から聖典を取り上げて、手近の棚に置くと、背からハルカを抱きしめた。

覆い被さるように体を抱きしめられると、ハルカの華奢《きゃしゃ》な体はアレクシスの腕にすっぽりと収まってしまう。

彼の体温を、肩に、背中に、感じてしまい、この温もりがハルカの体温を上げていく。

「ひ、秘密の関係って……さっきのキスの続きということ？」

問いかけたあとで、ごくりと、生唾を嚥下《えんか》してしまった。

本当は聞かなくても、答えは知っている気がした。でも、聞かずにいられない。

アレクシスの誘いはあまりにも魅惑的すぎて、ハルカはどうしたら抗《あらが》えるのかわからなかったのだ。

「キスの続きだけでいいのかな？　ねぇ……子どもを作るんだろう？」

アレクシスの嗜虐的な声が耳朶《じだ》を震わせて、ハルカの黒髪を掻きあげて、耳裏にちゅっとキスをする。

耳元でこんな低い声を聞かされるだけで、ハルカの腰は砕けてしまいそうだった。

ずるい。ぞくぞくと震えあがるような快楽が、こんなにも簡単に背筋に走り、アレクシスの声に陥落させられてしまう。

「そ、それはそう……なんだけど……んっ」

さっき、キスに蕩かされていたせいなのか、人に見られたかもしれないとドキドキしたせいなのか。臍《へそ》回りをアレクシスの手で愛撫されただけで、鼻にかかった声が漏れた。

びくんと快楽に体が跳ねる。

——告解室でこんな淫らなこと、ダメ……ああ、でも。

聖域を侵しているという罪悪感と、アレクシスの手から与えられる快楽とに心が裂かれそうになる。でも結局、ハルカは逆らわなかった。逆らえなかった。

快楽を昂ぶらせるように、服の上からゆったりと胸を触られると、全身の肌が粟立つ。

「ん、あぁ……は、あぁ……わ、たし……」

コルセットと服を通してでも、アレクシスの長い指先がハルカの胸の先を探ろうとしてるのを感じる。

快楽を感じて自然に立ちあがった乳頭が、コルセットの布地に擦れて、びくんと体が跳ねた。

その反応はアレクシスの問いに対する答えのようなものだった。

「手を壁について……そう、いい子だね」

狭い告解室のなかでハルカの体を回し、ハルカの手を壁に誘導する。

なにをさせられるかはわからなかったが、さっきから不穏などきどきが止まらず、体は昂ぶるばかりだ。

背徳がこんなにも快楽を増す刺激になることを、ハルカはこれまで知らなかった。

いや、背徳的なよろこびは知っていたのかもしれないが、これまで知っていたそれが偽物に思えるほど、いま感じている甘美な背徳にハルカは溺れていた。

ぷち、ぷち、と、壁に手を突いた格好で、制服の前ボタンを外される時間がよくない。

これから与えられる快楽を想像してしまい、勝手に体が期待に疼いてしまう。

お腹のあたりまでボタンを外されたところで、アレクシスはもう十分だと思ったのだろう。

コルセットの紐に手をかけ、ぴーっと音を立てて引っ張った。

体を縛めていたものが緩められ、双丘をまろびだされる。

ふるんと震えた白い膨らみの先で、赤い蕾《つぼみ》はすでに、つんと固く尖《とが》っていた。

「昨日処女を失ったばかりなのに、キミはなんていけない子だ……こんなにもいやらしい胸の先で聖爵の私を誘うなんて……ふふふ」

アレクシスがうれしそうな声をあげて、胸の先をきゅっと摘まみあげる。とたんに激しい快楽が爪先から頭の天辺《てっぺん》までを駆け抜けた。

「ひゃ、あぁん――あっ、あぁん……ひ、あぁ――あぁっ……！」

待たされた時間の分だけ、期待が膨らんでいたのか。

胸の先をきゅっ、きゅっとアレクシスの指で抓まれるたびに、あられもない嬌声が迸《ほとばし》る。

さっきキスをされてからまだ大した時間は経っていないのに、ハルカは早くも軽い絶頂に上り詰めさせられてしまった。

「は、ぁ……あぁん……う、嘘……」

自分で自分が信じられなくて、いやいやとむずかるように首を振る。なのに漏れ出た声はしどけなくて、快楽を楽しんだ色がはっきりと滲《にじ》んでいた。

「告解室で触られるのがハルカは好きなのかな？　じゃあもっと期待にお答えしようか……胸だけでこんなに乱れるなら、下の口はどうかな？」

アレクシスはハルカのスカートをペチコートごと捲《まく》りあげると、後ろから臀部の先をまさぐった。

ペチコートを腰の上にばさりと被《かぶ》されると、その重たい守りがなくなり、下半身を剥《む》きだしにされたような心許《こころもと》なさを感じた。

実際には、まだズロースを穿《は》いている。

しかし、薄布でできたズロースは、元から割れ目があり、その割れ目から指を入れると、濡れた陰部に簡単に触れられてしまうのだった。

「ひゃ、あぁ……あぁん……アレク、指が、冷たくて、ひゃうっ……あぁっ」

びくびくと壁に手を突いたまま仰け反ると、背後からくすくす笑いが聞こえた。

「ああ、ごめん。私の指が冷たくて——感じちゃったのかな？　ね、キミの膣内《ここ》で温めてよ」

誘いかけるような声を耳元に響かせながら、アレクシスの冷たい指が秘処で動いたから、たまらない。ハルカはまたびくびくと身を震わせて、快楽を貪ってしまった。

「ああ……あぁん——あぁっ……アレクの指、汚れちゃうの、ダメぇ……あぁんっ、あっ、あぁん」

アレクシスは長くて綺麗な指をしていた。さっき聖典の蛇腹の頁《ページ》を開いた指が、いまはハルカの膣道に挿し入れられ、淫らな快楽を掻きたてているなんて。

想像しただけで身が縮む心地がしてしまう。一方で、その申し訳なさが、また、快楽を掻きたてているのだから始末が悪い。

濡れそぼった蜜壺の入り口を抜き差しされ、感じている場所を探るように指を鍵状に折られると、「ひゃうっ」という、甲高い声が零れ出た。

「アレク、いや……あぁんっ、あぁ……そこ、感じちゃう……はぁ、あぁんっ……！」

ハルカが反応を示した場所を重点的に攻められると、体の内側でぞわぞわと愉悦の波が高まる。声のほうも切羽詰まった響きを帯びて、自分でも信じられないほど甘えた調子になっていた。

「感じちゃうから、なに？　ハルカはどうしてほしいのかな？」

はぁはぁと荒い息を吐くハルカとは違い、アレクシスはまだ冷静さを保っている気がした。それが少しだけ悔しい。

背後では衣擦《きぬず》れの音がして、なんだろうと思っているうちに、トラウザーズの飾り帯が床に落ちた。

濡れた下肢の狭間に硬いものが当たって、どきりとする。

「ねぇ、ハルカ。子どもを作るにはどうすればいいか、もうわかっているだろう？」

恥ずかしい言葉を言わせようとしているのはわかっていたが、なにを言えばいいのかわからなかった。ただ、早く絶頂に上り詰めたかった。

指先ではなく、もっとみっちりとした固いもので、下腹の空隙を埋めてほしかった。

「んっ、あぁ……はぁ……アレクぅ……お、お願い……ふぁ、あぁ」

陰毛を指先で撫でられると、それもまた違う快楽をハルカに与えて、ぶるりと堪えきれない震えが湧き起こる。

気を持たせられて、ずっとお預けを喰《く》らっているのは辛い。

つい、強請《ねだ》るような声をあげてしまった。

「私の硬いのが欲しいのかな？　ね、ハルカ」

「ほ、欲しい……アレクの、が……アレクの硬いそれを、挿《い》れて……ほしい、の……」

淫らなお強請りを口にさせられて、顔から火が出そうだった。

祖父にでも知られたら、

『ラクロンド家の娘ともあろうものが、なんてはしたないことを！』

と言って激怒するだろうか。

——お祖父《じい》さまに怒られるようなことをしているなんて……。

秘密の情交は、背徳的なよろこびでハルカの心を満たしていた。

家族の意向に逆らってセント・カルネアデスに来たことで、ハルカはどんどん『いけない子』になっていた。そんな自分に陶酔してもいた。

「ん、よく、できました。ハルカ……じゃあご褒美に突きあげてあげようね……早く子どもができるように」

卑猥《ひわい》な言葉をかけられ、意味をよく考えずに、こくこくとうなずいていた。

アレクシスの指が前に回り、ズロースの腰紐を解いて、するりと床に落とす。

すっかりと下半身が露になり、濡れた場所がすうすうとした。

壁に手を突いたまま、乱れた服から白い双丘が零れて、臀部をアレクシスに向かって突きだしている格好だ。

自分でも、なんて恥ずかしい格好をさせられているのだろうと思う。

なのに、予告されたとおりに硬くて太い肉棒が下肢の割れ目を穿ったとたん、そんなことは吹き飛んでしまった。

「ひゃ、あぁ……くっ……ふ、ぅ……苦し……」

たまらずに苦悶《くもん》の声が漏れる。

なにせ、昨夜の今日だ。いくら快楽に蕩かされていても、処女を失ったばかりの体で受け入れるには、アレクシスの肉槍は大きかった。

空隙を満たされたのはいいけれど、苦しい。しかも、昨夜と違って立ったまま突きあげられているせいで、胃の腑《ふ》が持ちあげられる心地に気分が悪くなりそうだった。

「くっ、やっぱりまだ……狭い、な……ハルカの膣内《ここ》は……」

背後から、アレクシスの苦しそうな声が聞こえ、不謹慎にもハルカはほっとしてしまった。

自分だけが苦しいのでないなら、まだ耐えられる気がしたのだ。

ずずっ、ずずっ、と、少しずつ奥に肉槍を進められたあとで、ふぅっと息を吐く音がした。どうやら根元まで収まったらしい。

「ハルカの膣内《ここ》が私のモノの形を覚えるまで抱いてあげようか……ね。動く、よ?」

そう言われ、やっと体のなかに収まったばかりの肉棒を、引き攣《つ》れた痛みとともに引き出される。その鈍い痛みを感じていると、ハルカの体がアレクシスの反り返った肉棒の形を覚える日なんて来るのだろうか、などと疑いを抱いてしまう。

それでいて、亀頭の先をわずかに残すまで引き抜かれ、また鋭く突かれるのを繰り返すうちに、苦しさのなかに愉悦が入り混じるから不思議だ。

アレクシスの肉槍が抽送を速めると、ハルカの唇から甘い嬌声が零れはじめた。

「ひゃ、あぁんっ、ひ、ぁあんっ……あっ、あぁん……ッ!」

鈍い痛みしか感じなかったはずなのに、膣道の鋭敏なところを突きあげられるたびに、びくびくと体の奥が疼く。快楽の熱が昂ぶって、体の内側で欲望を掻きたてていくようだった。

しかも、突きあげられながら、アレクシスの指先がハルカの双丘を揉みしだいたから、なお、体が跳ねた。

「あぁっ、ダメ、そこ……胸の先、抓んじゃ……あぁんっ、あっ、あぁ……ッ!」

雫形に揺れる双丘をアレクシスの両手が摑んで、指先が食いこむほど激しく揉みしだいたかと思うと、親指の腹でくりくりと乳頭を弄ばれる。その間も硬度を保った肉槍は、ハルカの下肢を揺さぶり、上からも下からも快楽に攻め立てられていた。

ぞくぞくと腰が揺れて、ハルカは悩ましげに体をくねらせた。

「あぁん……あぁっ、もぉ、もぉ……」

――イきそう。イきそうなのに……。

ハルカが昂ぶりを感じて絶頂の予感を感じとると、アレクシスが動きを止めてしまい、昂ぶりは体の内側で燃えさかりながらも、最後まで至らないままでいた。

気持ちよくなりたい。なのに、アレクシスはハルカを弄ぶように動きを止めてしまう。

「やぁ、ん……アレク、なんで……あぁんっ……あぁ――お願い……」

さっきお強請《ねだ》りしたあとでご褒美を与えられ、早くも調教されてしまったのだろうか。

ハルカは強請るような声で催促した。

なのに、アレクシスから返ってきたのは、意外な言葉だった。

「ねえ、ハルカ。それで、さっきの男はなんなんだい？　キミの婚約者かなにかか？　素直に答えてごらん？」

そんな問いかけとともに奥を深く突きあげられ、目の前に星が飛んだ。

「ひゃうんっ、ひゃ？　あぁんっ、な、に……？」

快楽に理性が吹き飛んでしまい、まともな言葉がうまく出てこない。

「本当はキミはあの男の妻で、私とのことは浮気遊びだった……なんてことはないよね？　貴族の間にはそういうのが流行《はや》っていると聞くけど」

「なにを、言って……あぁんっ、あっ、あぁ――ふ、ぁ……！」

言われている意味がわからない。

ハルカは処女だったのだから、結婚しているわけがない。

そう言い返そうとして、長い間、白い結婚をしていた友人のソフィアのことが思い浮かんだ。

貴族の間にはびこる血統主義のせいで、名家と名家の間では、本人の意志にかかわらず、幼いうちに結婚を決めることがある。

お互いが幼い場合はまだいいが、片方が成人していて、片方が幼い場合――たいていは幼いのは花嫁のほうが多いが――そんな場合には、体の関係を伴わない期間が定められる。

それがいわゆる白い結婚だ。

白い結婚は、貴族の間では頻繁にあり、独身のように見せかけて実は夫がいるという令嬢は少なくなかった。

しかし、ハルカはそんな結婚をした覚えはない。祖父からも両親からも、そんな話を聞いたことはない。

完全にアレクシスの誤解だ。

「あ、あの人は、単なる、お見合いの相手で……あぁっ、あっ、あぁ……ッ！」

どうにか考えをまとめて口にしようとしたところで、また激しく突きあげられ、悲鳴のよう

な嬌声があがった。

びくんびくんと身が跳ねて、熟れた赤い蕾を尖らせた胸がふるんふるんと揺れる。

「見合い相手、ねぇ……聖貴族がキミの？　本当だね？」

「ひゃ、あぁんっ、あっ、あぁんっ……！」

疑わしそうな声を出したアレクが、嘘を吐いたら許さないよとばかりに胸の先を摘まみあげ、その尖りを指で弾いた。

ぞくんぞくんと、胸の性感帯を攻めたてられながら、ハルカはこくこくと首肯する。

嘘ではなく本当のことだったが、必死だった。ちゃんと答えないと、この攻め立てが永遠に終わらず、絶頂を与えられないのも怖かった。

「そう……じゃあ、そういうことにしておいてあげてもいいよ」

アレクシスの低い声が耳朶に響く。

嗜虐的な響きを帯びた声が、やさしい声よりもずっと魅惑的に聞こえるのはなぜなのだろう。

ぞわりと背筋を柔らかい和毛《にこげ》で撫でられたかのように、気持ち悪い心地よさで体が震えた。

「ちゃんと答えたハルカに、ご褒美をあげようね……」

そんな言葉とともに、抽送を速められた。

「あっ、あぁっ……アレク、アレクぅ……あぁんっ……あっ、あっ！」

切羽詰まった声で彼の名前を呼んでいると、膣内に収まっていた肉槍がぶるりと震えた気がした。

　ご褒美というのが、子種を注がれるという意味なのはわかっている。いま肉槍が震えたのが、射精をするという意味だと言うことも。

　でも、ちゃんとハルカのことを信じてくれたのなら、それがなによりのご褒美な気がした。

「アレク……あぁん……アレ、ク……ンあぁ……――」

　子宮に子種を注がれたすぐあとで、ハルカの体も絶頂に上りつめた。

　ぶるりと白いお尻が揺れ、背を仰け反らせる。

　――ああ、わたし…とうとう淫らな行為で告解室を汚してしまった……。

　快楽に意識が呑みこまれそうになる瞬間、ハルカはそんなことを考えてしまった。

　でも、それからもずっと告解室で淫らな行為を繰り返すことになるとは、そのときのハルカは夢にも思わなかったのだった。

# 第四章　告解室での告白とハルカの秘密

「んっ、あぁ……アレク、ダメ、足がもぉ、崩れ……そう……あぁんっ」

壁に背を預けて立ったまま、片足をアレクシスに抱えられ、ハルカは体を貫かれていた。

狭い告解室には横になる場所はないから、どうしても立って情交する羽目になる。

アレクシスの首に抱きついて、ハルカはずっと体がくずおれそうになるのを耐えていた。

しかし、快楽に意識が吹き飛びそうになると、無理なのだ。体を支えるのが難しくなってしまう。

ハルカが力を失ったのを感じとったアレクシスは、華奢な制服姿をくるりと回して、壁に手を突かせた。

「あと少しだけ……ハルカ。もう少しキミの躰《からだ》を堪能したい……」

ハルカのお願いに対して、そんな甘い答えを返された。

自分の低い声が、女性の耳にどれだけ魅惑的に響くかを、彼はよく知っているのだろう。

少しだけ冷ややかで、それでいて色香が漂う声で囁かれたあと、うなじにちゅっとキスを落とされると、ぞくぞくとした愉悦が背筋に這いあがる。

ダメなのだ。ハルカはアレクシスのこの声に弱い。

もう絶頂に達したいという願いは先延ばしにされ、アレクシスの肉槍が後ろから突いてくるのを目の前に星が飛ぶような心地で受け止めた。

「ふぁ、あぁんっ……激し……あぁ、あっ——あぁんっ」

反り返ったアレクシスの肉槍が鋭角にハルカの膣内を穿って、震えあがるような愉悦が体中を駆け巡る。甘えたよがり声がひっきりなしに濡れた唇から零れて、自分でも信じられない猥りがましさだった。

——でも、いいわ。抱き合って顔を見ながら突かれるよりは……ずっといい。

快楽に頭の芯まで蹂躙されながら、ほんのわずかに残っていた理性がそんなことを思う。

壁に手を突き、臀部を彼に突き出す格好で抽送を繰り返されるのは、まるで獣のような所業だと思う。

しかし、獣の如き情交こそが、告解室を汚す行為にふさわしい。

向き合いながら抱き合って、まるで恋人同士の密会のように抱かれるより、いまのハルカはこうしたかった。これこそがハルカの望みだった。

ハルカのなかの自暴自棄な感情は、背後から突かれることをよろこんでいたのだ。

† † †

試験休みの間、ハルカはアレクシスと何度も情交を繰り返した。

最初に抱かれてからしばらくは、セント・カルネアデスの聖殿で。それからあとは、アレクシスの聖殿でも抱かれた。

祝祭の間、セント・カルネアデスの聖殿には無数の聖貴族が訪れており、見合い相手とまた会うかと思うと気が気でなかったのだ。

──『本当はキミはあの男の妻で、私とのことは浮気遊びだった……なんてことはないよね？』

そんなあり得ないことを問いつめられ、セント・カルネアデスの古い告解室に連れこまれたあとのことだ。

単なる見合いの相手だと答えたハルカの言葉を、アレクシスはどうも信じてくれなかったらしい。またためちゃくちゃに抱かれてしまった。

試験休みが終わったあとは、ハルカのほうでアレクシスの聖殿があるラヴェンナ地方の市都セレスを訪れた。

「ようこそ、ハルカ。我が市都セレスへ」

駅前のロータリーに出たとたん、見慣れた顔が出迎えてくれて、ハルカは驚いた。

しかもハルカの持っていたトランクを奪い、代わりに両手いっぱいに抱えた花をバサリとハルカに押しつける。

まるで、久しぶりに会う恋人のような扱いをされ、頬にかぁっと熱が集まった。

「ア、アレク⁉　なんでこんなところに……せ、聖爵猊下ともあろうひとが……」

花束を抱え、動揺しながら周りを見れば、ハルカと同じ汽車に乗ってきた貴族の令嬢だろうか。険のある視線でじろりと睨まれてしまった。

「アレクシス猊下が出迎えなんて……どこの娘かしら」

「あれ、聖エルモ女学院の制服よ。まだ子どもに決まっているわ」

聞こえよがしの声とともに向けられる突き刺さるような視線が痛い。

「わ、わたしとの関係を知られたら、アレクだって困るでしょう？　花はうれしいけど……ひ、人前では、こういうの……困るわ」

身を縮めながらボンネットの帽子をなお深く被って、顔を隠す。

「別に私は困らないぞ。結婚しようというのに、誰ともつきあっていないなんて、それこそ不自然だ。いいじゃないか、たまにはデートのようなことをキミもしたいだろう?」

アレクシスはそう言ってハルカの手を摑むと、ロータリーのもっとも目立つ場所に駐《と》まっていた馬車へとハルカを乗せてしまった。

「いつもいつも告解室で密会というのも芸がないじゃないか」

久しぶりに会うたびにいつも思うのだが、アレクシスの傍若無人振りは、本物には叶わない。会えない間に、彼のことを思い出しては、勝手なところを思い出してひとりで笑っていたけれど、実物はもっと斜め上だ。

——まさか、堂々と自分の治める聖殿があるセレスの駅で待ってるとは思わなかった……。

白い百合《ゆり》に星形の小花を散らした花束に顔を埋めれば、いい香りが鼻腔《びこう》をくすぐる。

驚いたし、やめてほしいと言ったけれど、やっぱりくすぐったいうれしさがこみあげる。

「さて、今日の演目は生まれ変わった恋人たちが、引き裂かれたあとでもう一度会うロマンスものだよ」

馬車が止まったところで、アレクシスが先に扉を出て、そんな言葉をハルカに言いながら手を差し出してくれる。

アレクシスが統治する市都の劇場だから、当然のように、案内されたのは特別な個室だ。劇を見ている間、花が萎《しお》れないように花瓶を用意してくれ、百合の香りが漂う部屋で劇を楽しむ。

個室だから、人目を気にする必要はないせいだろう。劇がはじまってすぐに暗闇のなかで指を絡められた。

こういうちょっとした触れ合いも、たまにはいい。

情事に浸るのとは違い、きゅんと胸がときめく。

──ど、どうしよう……手を繋いでの観劇なんて……顔が熱いわ……。

キスをされるのとも体を交えるのとも違う。

劇の内容とも相俟って、甘い雰囲気に浸ってしまう。

──もし、わたしがアレクシスと恋人同士で、こんなふうに別れさせられたら、どうするだろう……。

想像するのはいつも自由で、ハルカはちらりと整った聖爵の横顔を眺めた。

子どもを作るために会っているだけなのに、指を絡めて繋《つな》いでいると、まるで恋人同士でいるかのような気にさせられる。

──いま、わたしはアレクと恋人同士だとして、突然、別れさせられたら……辛いわ。

思わず、ぎゅっと手を強く握ってしまう。

すると、それをなにかの合図だと思ったのだろうか。繋いだ手を放したかと思うと、アレクシスはハルカの肩を抱き寄せた。

「大丈夫……ハルカのことをちゃんと守るよ……」

どうしてそんなことを言ったのだろう。

アレクシスは囁くような声でハルカの耳朶を震わせると、顎に手をかけて、そっと唇を重ねた。

個室は舞台を見下ろす二階にあって、しかもランプがない暗がりだ。

キスが見えないことはわかっていたが、拍手の音が聞こえてくると、まるで自分とアレクシスのキスに拍手を送られたような錯覚に陥った。

「ア、アレク……なんで……いま、キス……？」

劇の恋人たちの雰囲気に呑まれてしまったが、公共の場でのキスにハルカは動揺していた。

——見えないからいいってことではなくて……だって。

頬が熱くて簡単に冷めそうもない。

ハルカが頬を抑えて上目遣いにアレクシスを睨むと、彼はしてやったりという顔をしていた。

こういうときのアレクシスは言葉では言い尽くせないほど、魅力的な顔をしていて、その顔がひそかにハルカは好きだった。

「気に入ってくれたかな？」

そう言われて、もう一度、ちゅっと軽く唇を奪われる。

その瞬間の甘やかな気分は、別れたあとも何度も何度もハルカの頭のなかでよみがえり、いつまでも忘れられなかった——。

また別のときには、アレクシスが唐突に、ハルカがいる大学の寮を訪れてきたこともあった。

あれはいつの休日だったろう。

ハルカが大学にある聖殿で礼拝を終え、部屋に戻ってきたときのことだ。

「おかえり、ハルカ。日曜日に礼拝に出るなんて、我が未来の妻はあいかわらず真面目だね」

扉を開けてソファのあるスペースに入ったとたん、聞き覚えのある男声に出迎えられてびっくりした。

唖然《あぜん》として、声がした場所をよく見れば、見慣れた顔が悠然とソファに座っている。

「アレク……!?　あ、あなた、なんで、こんなところにいるの!?」

とっさに、問い詰めるような声をあげたのは無理もないと思う。

大学の女子寮は、当然のように男子禁制だ。たとえ聖爵と言えども、その規則をねじ曲げることはできない。

それが、長い足を組んでのんびりとしているのだから、ありえない。

「なんでって……キミだって、そろそろ、私に会いたかっただろう?」

「なかなか遊びに来てくれないから、私が会いに来てあげたんだよ。感謝したまえ。キミだって、そろそろ、私に会いたかっただろう?」

「はい?　べ、別に会いたくなんか……なかったわ……別に」

――う、嘘じゃないわよ。会えるとは思ってなかったんだから。

部屋に入ったとたん、いるはずのない人がいた。その驚きをどう言葉を尽くせば、わかってもらえるものか。

心臓が飛び出すかと思ったし、唐突に自分が夢を見ているのかとも思った。あるいは、魔王が使うような超常的な魔法でも使われたのか。

でも、優雅な仕種で立ちあがった姿は本物そっくりだったし、顎に伸ばされた指の、骨張った感じもアレクシスの指とよく似ている。

夢にしても、よくできていた。

そのあと降ってきた甘やかなキスの感触も。

「ん……んぅ……」

生々しく唇を塞ぐ感触に、頭の芯まで蕩けさせられてしまった。

それでつい、おかしいと思いながらも、ハルカは流されてしまった。寮の自室で抱かれてしまったのだ。

大学部まで行く女学生は少なく、また実家の権勢のおかげでハルカは広い一人部屋を使っていた。おかげで喘ぎ声を人に聞かれることこそなかったが、しばらくは部屋に戻るたびに悩ましい気分を思い出して、ひとりで顔を真っ赤にしていた。

あとから聞けば、彼は勝手に忍びこんだのだという。

――赤の聖爵ともあろう人が、女子寮に不法侵入しただなんて……。

彼に憧れる令嬢たちが聞いたら、卒倒しそうな話だ。

「それとも、そんなにまでしてアレクに想《おも》われているわたしが、嫉妬で殺されるかしら？」

想い人のために、囚《とら》われの塔ならぬ女子寮に忍びこんだと考えれば、いくぶんロマンティックだろうか。

しかし、実際のところ、ハルカとアレクは恋人同士というわけではない。

アレクシスがハルカに会いに来たのは、恋情に突き動かされてという、女性が好みそうな理由ではないはずだ。

──いよいよもって、早く結婚したくなったのかしら。

それはありそうな話だと思ったが、じゃあなんでその相手が自分なのだろうと考えてしまう。

正直に言えば、ハルカにはアレクシスの考えがよくわからなかった。

彼は手の内を明かさず話すようなところがあって、真意を探り当てたかと思ったとたん、するりとハルカから逃げてしまう。

気まぐれという一言で片付けるには、思惑があるような振る舞いにも見える。

「ただ単に、もったいつけているだけかもしれないけど……」

ハルカはいつだったか、アレクシスが突然、座っていたソファに腰掛けて小さく笑った。

あのときは、会いたくなんかなかったと言ったが、いま、ハルカはとてもアレクシスに会いたかった。なのに、会うのが怖かった。

アレクシスの気持ちがわからないからだ。

彼の手管に流されて何度も抱かれたあとで、こんなにも途方に暮れてしまっている。

ハルカ自身、自分がこんなに流されやすいとは思わなかった。

アレクシスは、彼の思いどおりに事を進めようとする傲岸不遜さを、持ち合わせている。生まれながらに聖爵になることを約束されていたものとして、人の上に立つ振る舞いが自然に身についているのだ。

しかし、アレクシスが人を動かすのが上手《うま》いにしても、ハルカはもう少し、自分が主体性のある性格だと思っていた。少なくとも、これまでは。

しかし、ハルカはアレクシスに誘いかけられると、どうしても逆らえなかった。

——だって、アレクシスはわたしの希望を聞いてくれているのだし……仕方ないわ。これはこれで、わたしの願いどおりのはずだわ……多分。

これは自分にも都合がいいことなのだ。

そんなふうに自分自身に言い聞かせ、ハルカはアレクシスと密会と情交を繰り返した。

彼に抱かれて、精を受ける一方で、それでも、ハルカは子どもができるかどうかを疑っていた。どんなに欲しくても子どもができない人の話を聞いていたし、自分がそうなる可能性を考慮していた。

——でも、違ったのだ。

生理がないことに唐突に気づいたハルカは、今日、制服姿ではなく、スカートにエプロンという町娘の格好に身をやつして、街の産婆を訪れた。

「うん、確かに妊娠脈が出てる……もう三ヶ月になるだろう」

恰幅《かっぷく》のいい産婆から、そう確信を持って告げられたときは、頭を硬い岩で殴られたかのような衝撃を受けてしまった。

――子どもができてしまった……。

まだ無事に生まれるかはわからないが、妊娠してしまったのだ。

誤診かもしれないと、一縷《いちる》の望みにかけて、ほかの産婆にも聞きに行こうか。

そんな考えがちらりと過ぎったが、結局、止めた。

本音を言えば、自分でも確信があった。子どもはできてしまったのだ。

問題は、これからどうするかだった。

部屋に帰ってきてからずっと、ハルカは悶々《もんもん》とアレクシスのことを考えていた。

「アレクに……伝えるべき……よね……」

そうするしかないのは、わかっている。わかっているのに、体が動かない。

せめて汽車の切符を予約しようと思うのに、どうしても身を起こすことができなかった。

もしアレクシスが望んでいたのが、都合のいい結婚相手ではなく、ただの遊び相手だったなら、子どもができたと伝えたとたん、ハルカは捨てられるかもしれない。

あるいは、まだ、いまの気軽な関係を続けたい。そんなふうに言われるかもしれない。

そのどちらの場合でも、子どもを堕《お》ろせと言われる可能性が高かった。

「でも……わたしは……」

ハルカは自分のお腹に手を当てて、少しの間、目を閉じた。

まだ子どもが宿っているという実感はない。

子どもを産むと言うことがどういうことなのか、まったく想像できてもいない。

しかし、やっと授《さず》かった命を堕ろしたくはなかった。

畏れとかとまどいとかよろこびとか緊張とか、様々な感情が渦巻いて、アレクと会ったとしても、とてもうまく言葉にできる気がしない。

「アレクに……なんて言おう……」

ソファに背を預けたまま、ハルカは思わず天を仰いだ。

悩みに悩んだあげく、アレクシスの聖殿を訪れたのはそれから一週間後のことだ。

正確には、悩んだのが一週間で、それから汽車に乗って移動したから、二週間近く経ってしまっていた。

まだお腹は大きくなっていないが、もし堕ろすとしたら、時間が経つほど危険になる。

産婆からそう忠告されてもいた。だから、

「子どもが……できたみたいなの」

やっと、その一言を告げたとき、体の重みがなくなったかと思うほど、ほっとした。

聖殿の告解室でいつものように交わったあとのことだ。

憑《つ》き物《もの》が落ちたようにすっきりする——どこかの国の、そんな比喩を聞いたことがあるが、ちょうどそんな気分だった。

ようやく重荷から解放されたいまなら、はっきりと、子どもは堕ろしたくないと言える気がした。

でも、それはハルカの我《わ》が儘《まま》だ。

だからアレクシスにまで強要するつもりはなかった。

「わ、別れても、いいわよ……わたし……」

「そうか、やっと子どもができたのか……あ、ということは結婚式だな！　早く式を挙げないとお腹が大きくなるだろうし……いや、待て先にウェディングドレスを注文しないとダメか？」

ハルカが消え入るほどか細い声で話しているのを吹き飛ばすように、違和感を覚えるほど、うきうきとしたアレクシスの声が頭上から降ってくる。

「いまからウェディングドレスを作らせるのだと、全部手作りは無理だろうから、既製服のドレスのサイズ直しをしてもらうしかないな。あ、いや待て。その前にハルカの実家で用意してないか、聞いてみたほうがいいか？」

「……アレク？　ちょっ、ちょっと待って。まずは、わたしにわかる言葉をしゃべっていただけないかしら？」

話がまったく噛みあっていない。

その上、『実家』という言葉に、どきりとさせられてしまう。

「まさか、わたしの実家に……本当に行くの？　妊娠したって知らせるの？」

「それは当然だろう？　結婚するのに、キミの祖父になにも伝えないわけにはいくまい。いや、順番的にはキミのご両親に申し入れるのが先だな……うん。明日の朝一番の汽車に乗って、挨拶に行こう。その間に式の準備をさせて……」

アレクシスはまるで仕事の手順を攫《さら》うように、ぶつぶつとなにごとかを呟いて、もう完全にそちらに気をとられている
ハルカのとまどいは、完全に置いていかれてしまった。

「アレクは本当に……本当にわたしと結婚するつもりなの？」

迷子の子どものような顔をして、ハルカは問いかけた。

ぐるぐると思い悩んでいたのは、アレクシスが素敵な人だからだ。

偶然、友だちの旦那さまのところに遊びに行ったら、彼がいて、なりゆきでつきあうことになった。

すべて偶然のおかげで、ハルカはなんの努力もしていない。

それなのに、ハルカのことをなにも聞かないまま、条件を呑んでまで結婚してもいいという。

——おかしい。どう考えても、普通は逆でしょう？

いくら放蕩者だという噂があっても、赤の聖爵と結婚したがる令嬢はたくさんいる。彼女たちはアレクシスがさまざまな条件をつけても、それを呑んで結婚したいはずだ。

アレクシスは選ぶ側であって、間違っても、不利な条件を呑む側ではないのだ。

だからこそ、ハルカはわからない。

アレクシスといっしょに過ごすのはいつも楽しくて、聖殿での情交もハルカは背徳を楽しんでいた。

気が合うというのは、こういうことを言うのだろうか。

アレクシスは、突然、今日は観劇に行くと言ったり、突然、ハルカの部屋に不法侵入したり、強引なところもある。しかし、その強引さが、ハルカは嫌じゃなかった。

しかし一方で、偶然、出会っただけの娘と結婚することをアレクシスがよしとする理由がわからなかった。

——本当にわたしでいいの？　アレクにはもっとふさわしい人がいるんじゃないの？

そんな疑問が、ハルカの心の底で渦巻き、ふたりで過ごす楽しさに、ちくちくと水を差していたのだ。

「当然だろう。私はキミに求婚したし、キミは条件付きでそれを受け入れた。条件を満たしたいまとなっては、契約は決定事項だ。不履行はできない」

「アレク……んっ」

そう言って落とされる甘いキスを受けるのが、本当に自分でいいのだろうか。

ハルカにはわからない。

なのに、そんなハルカのとまどいをよそに、アレクシスはもう先のことを考えている。

「子どもは男の子かな。キミによく似た女の子もいいな……ハルカはどっちがいいと思う？」

「え？　ええ……そうね……無事、生まれてきてくれれば、どちらでも十分なのだけど……はぁ……なんだか、わたし、馬鹿みたい……」

話しているうちに、なぜかがっくりと体の力が抜け、告解室の小さな椅子に腰を下ろしてしまった。

——アレクが子どもを堕ろせと言うかもしれないって、あんなに悩んでいたのに……。

『案ずるより産むが易し』とは、こんなことを言うのだろうか。

子どもだってそうだ。作る前はあんなに思い悩んでいたのに、できてしまうと、ぱたぱたと物事が決まってしまう。

——思えば、アレクとは出会いからして、こんな感じだわ。

晴れていて心地いい日和だったから、つきあってもいいと思った。

ハルカの条件を呑んでくれたから、抱かれてもいいと思った。

子どもができてしまったことをようやく告白すれば、その先には結婚が待っている。

ハルカはただ、アレクシスに流されてしまっているように見える。でも、そのひとつ先の場

面に進んでしまえば、それが運命だったように思えてくるから不思議だ。

——思い悩んで立ち止まってばかりいるより、流されてしまっても先に進むほうが新しい世界が見えるのかもしれないわ……。

アレクシスの気まぐれな強引さは、ハルカに立ち止まって、ゆっくり考える隙を与えてくれない。

汽車に乗っているときのように、ものすごい速さで景色が過ぎ去ってしまう。

でもその早さを、ハルカ自身、とまどいながらも楽しむようになってきていた。

しかし、ひとつだけ重要なことがあった。

うっかり聞き流しそうでいて、しっかりとハルカの耳が捕らえてしまった言葉。

——『結婚するのに、キミの祖父になにも伝えないわけにはいくまい。いや、順番的にはキミのご両親に申し入れるのが先だな』

アレクシスは確かにそう言った。両親より先に、『祖父』と。

「ところで、その……アレク……わたしの、実家のこと……だけど」

ごくり、と生唾を呑みこんで、ハルカは思い切って切り出した。

これは、子どもができたというより、口にするのはたやすい。いつも、ハルカにつきまとっていた影のようなものだったからだ。

「うん？」

いまさらなにを言い出したのかと言わんばかりの、間の抜けた返答が彼らしい。

こういう、ハルカが手に汗を握るような場面で、アレクシスは逆に拍子抜けしてしまうほど自然体でいるのだった。

「大丈夫。ちゃんと申し入れに行くとも。子どもができたと言えば、さすがに殴られるかもしれないが……心配はいらない」

アレクシスはそう言って、ハルカに顔を寄せて、ちゅっと唇を塞いだ。

「今日はこのまま聖殿の私の部屋に泊まってもらう。そのほうが明日、朝早くの汽車で出かけやすいからな」

アレクシスはハルカを腕に抱きあげると、そのまま告解室を出て行ってしまった。

「ちょっと待って、アレク！　お、おろして！　わたし、自分の足で歩くから！」

「ダメダメ。子どもがいるんだし、暗い通路で転びでもしたら大変だろう？」

†　†　†

夜も更けた時刻。

ところどころにランプがつり下げられた回廊を通り抜けたころ、ハルカは切り出した話を体よくごまかされたことに、ようやく気づいたのだった。

うすうす、そんな気はしていた。

アレクシスはすべてわかっていて、ハルカを抱いているのではと思うことはあった。

しかし、汽車がラクロンド地方の市都フロレンティアに到着し、馬車に乗せられたあとでは、その思いはますます強くなり、もうごまかせなかった。

「ハルカ、手を」

アレクシスが先に馬車を降りて、ハルカに手を貸してくれる。

彼はこういうとき、いつも紳士的にハルカをエスコートしてくれた。

強引なところもあるくせに、ひとりで先に進んだりせずに、ハルカを待ってくれる。アレクシスのそういうところが、ハルカは好きだ。

こういう緊張する場面ではなおさら、気遣いが心に沁《し》みる。

辿り着いたのは、白の聖爵が支配する地――フロレンティアの聖殿だ。

なにを隠そう、このフロレンティアの聖殿こそが、ハルカの実家なのだった。

――どうしよう。アレクがなにも聞かないから、わたしもなにも話さないまま来てしまったわ。

そんなことは、言い訳にすぎないとわかっている。

しかし、この聖殿でも、アレクシスはハルカの手を握ったまま、さかさかと歩き出してしまって、口を挟む暇はなかった。

セント・カルネアデスの聖殿のときと同じだ。

ほかの聖爵が支配する聖殿だというのに、まるで自分の領地であるかのように、堂々と足を踏み入れていく。

市民に解放されていた大聖堂はまだしも、扉番の司祭がいた城館への入り口も、一言二言、言葉を交わしただけで、あっさりと通り抜けてしまった。

セント・カルネアデスの聖殿では、まだ位階の低い修士が門番をしていたが、フロレンティアでは違う。

老年の白の聖爵は、現在その地位に就いている聖爵のなかでは、もっとも長く務めている。

当然のように、聖殿にも上級の聖職者が多数いて、見習いの数も多い。

フロレンティアの聖殿は、聖ロベリア公国のなかでも、もっとも巨大な組織を誇っているのだ。

もちろん、修士ではなく司祭が門番をしているからと言って、アレクシスを通さないわけにはいかない。彼が身につけている肩掛けを見れば、赤の聖爵が白の聖爵を訪ねてやってきたと、すぐにわかるからだ。しかし、

「赤の聖爵猊下、お待ちください！　いま、白の聖爵猊下に取り次いでますので……猊下！」

そんな声が後から追いかけてきたから、ハルカは少しだけ司祭に同情した。

扉をするりと通り抜けたアレクシスは、司祭の制止も虚《むな》しく、勝手知ったると言った態《たい》で回

廊を歩いていってしまったからだ。

「アレクって、どこの聖殿でもそんな調子なの？」

傍若無人にもほどがあるだろう。

ハルカのあきれた言葉には、しかし、笑いが滲《にじ》んでしまう。

こんなふうに、フロレンティアの聖殿の主のルールを無視する客人を、ハルカは見たことがない。

それがいっそ痛快でもあったからだ。

「取り次ぎだなんて時間の無駄だ。白の祖父《じい》さんなんて年寄りなんだし、倒れてなければ執務室で仕事をしている時間だろう？　とっとと用事をすませてしまったほうがいい」

自分だって取り次ぎをされる身分だろうに、相手の都合はまるで無視した考えだった。

――でもきっと、お祖父さま相手には、このやり方が正しいわ。

年寄りの悪い癖は、自分の流儀に若い人を縛りつけたがるくせに、それがやたらと効率が悪いというところだ。

手順を飛ばして、結論だけが欲しいときもある。

執務室の扉の前には、やはり深緑一色の肩掛けをした司祭が立っていた。

いまは電話があるから、さきほど通り抜けてきた大聖堂から連絡が来ていたのだろう。司祭はじろりとアレクシスの肩掛けを確認すると、ため息交じりの嫌みを吐いた。

「赤の聖爵猊下。このフロレンティアの聖殿では、もう少し、礼儀作法を守っていただきたいのですが……」

もちろん、司祭より聖爵のアレクシスのほうが身分が高い。しかし、ここが白の聖爵の城館だからだろう。

年配の司祭は白の聖爵の威光を笠《かさ》に着て、アレクシスに強気な態度をとる。

対するアレクシスは、どうやらこの聖殿でそんな扱いを受けることに慣れているらしい。

「ちゃんと問題なく、ここまで連絡が来ているじゃないか。白の祖父さんはなかにいるんだろう？　失礼」

そんなふうに言って、嫌みにむっとするでもなくするりと司祭の横を抜けて、扉のノブに手をかけた。ハルカの手を引いたまま。

「祖父さん、悪いが、ちょっとした急ぎの用事があって来た」

アレクシスはそんな言葉だけで執務室に足を踏み入れて、すたすたと部屋を横切っていってしまう。

扉から白の聖爵ザカリアが座る机までは距離があり、その間に、人とやりとりする簡易な応接セットや、執務を補佐する司祭たちの机が並んでいる。

聖殿はどこも似たような造りをしているから、アレクシスやカイルの執務室とそう変わりはない。

老年の聖爵は眉間の皺《しわ》を深めてアレクシスを睨んでいたが、いつものことだと思って諦めているのだろう。追い払う仕種を見せなかった。

——祖父さんだなんて……アレクってすごい。

白の聖爵を相手に、ここまで自分を押し通せる人はそう多くない。

法王猊下でさえ、自分より年配の白の聖爵には、相応の敬意を払っているくらいなのだ。

アレクシスの傍若無人振りを見せつけられ、ハルカは素直に感心してしまう。

一方で、この聖殿の主、白の聖爵ザカリアは、訪問者を確認するようにだろう。顔を上げ、目が見えない人がよくやるように、右目につけているモノクルを指先で持ちあげた。

そんなささいな仕種も、身分が高いものがやると、周囲に威圧感を与える。

ハルカはドキリとさせられて、なるべくアレクシスの体に隠れるように身を縮めて、ザカリアの視線から逃れた。

「ん？　おまえの連れは……」

よく見ようと体を乗り出したザカリアに、主導権を渡さないためか、アレクシスは彼の言葉を遮り、さっさと話をはじめる。

「ええ、結婚の報告に来ました。彼女の両親には、すでに許可をもらってあるのですが、一応、貴方にも話をとおしておくのが筋だと思いまして」

前置きもろくにせずに重要な話を切り出したアレクシスは、彼の背後に隠れるように立っていたハルカの腰に手を回し、隣に並ばせた。息をするように、自然な仕種だった。

聖爵が訪問してきたのだから、いっしょにいるのはその従者に違いないと思われていたのだろう。ここまでハルカは誰からも誰何《すいか》されずにいた。ハルカの顔を知っているはずの扉番にさえ。

しかしいま、アレクシスの背という、安全な隠れ場所から引きずり出され、ハルカは執務室にいる人々の視線にさらされた。

執務室にいたザカリアの部下が、はっと息を呑む音が聞こえる。

一瞬漂った緊迫した沈黙を破ったのは、ザカリアの怒気を孕《はら》んだ声だ。

「ハルカ!? なぜ、おまえがここにいるのだ!? 帰ってくるなら前もって知らせなさいと、いつも言っているだろう」

ザカリアは、アレクシスとハルカを別々の訪問者だと思ったのだろう。

いきなり説教をはじめてしまった。

もちろん、前もって知らせろと祖父から言われていたし、ハルカも初めのうちは、従っていた。

しかし、帰省のたびに見合いをさせられるようになってからは、前もって知らせると、見合い相手と予定を合わされてしまうと気づいてしまったのだ。

それで、いつからか帰省のときに知らせるのはやめてしまい、そのうち、実家からも足が遠のいてしまっていた。

母はうすうすその理由に気づいていたようだけれども、特に咎《とが》めることはなかった。

ザカリアは、ひとしきり説教を口にしたあと、もう一度、目がよく見えない人がよくやる、モノクルを持ちあげる仕種をした。

どうやら、やっとハルカの腰に回されたアレクシスの手に気づいたらしい。

アレクシスの顔とハルカの顔を見比べ、次に、顔の深い皺が一気に引き延ばされたかと思うほど、ぱっと驚きの表情になった。

その顔を見ながら、まったく予想外の事態に遭遇すると、誰もがやはり、怒るより先に驚くものなんだな、なんて呑気《のんき》なことをハルカは考えていた。

「アレクシス……おまえのその邪な手を、うちの孫娘の腰からどけるのだ！　ハルカが汚れるではないか。それで、用件はなんだ」

「だから、結婚の報告ですよ。実はハルカ嬢と結婚することになりまして」

許可をもらいに行くという話が、いつのまに報告になっているのか。

――そういえば、さっき私の両親には『すでに許可をもらってある』と言ったような……。

いつの話なのだろう、それは。

「あ、アレク、なんで……」

「馬鹿を言うな。まったく……おまえはいつも唐突にやってきては迷惑をかけて……誰がおまえなんかを、ハルカの婿にするものか。いますぐ出ていけ！」

「いやいや、祖父《じい》さんこそ、人の話をきちんと聞いてくれ。報告に来ただけだと言っただろう？　ハルカ嬢との結婚はもう決まったことだから」

ザカリアの剣幕《けんまく》を気にせずに、アレクシスは言葉を重ねる。まるで、聞き分けの悪い子どもに言い聞かせるようだった。

「おまえこそどうしてそう、法螺《ほら》話が好きなのだ……アレクシス……」

なにをどう言っても、祖父の耳には響かないのだろう。話は完全に平行線を辿り、これ以上の進展が見込めそうもない。

そう察したアレクシスが話を締めて、帰ろうという仕種をハルカに見せた。

「ともかく報告はしましたから、じゃあハルカ。行こうか」

ハルカの腰に手を添えたまま身を翻そうとしたアレクシスの態度に、ザカリアの沸点が振り切れたらしい。

いきなり立ちあがると、部屋中の司祭が震え上がるような剣幕で怒鳴り立てた。

「この男を聖殿の外に追い出せ！　わしはこの男の訪問を許してない。たとえ聖爵と言えども、不法侵入だ。さっさと追い出せ！　ハルカ、おまえはこっちだ！」

部屋にいた自分の部下にアレクシスを退去させるように命じると、ザカリアはハルカを無理やり彼から引き離してしまった。

「アレク！　ちょっとお祖父さま、手を放して……わたしの話を聞いてください！」

慌てて説得を試みるハルカとはうらはらに、司祭に部屋から追い出されようとしているアレクシスはいつものように悠然としていた。

「まぁ、こんなもんだとは思っていたから、大丈夫だよ、ハルカ。結婚式の準備は進めておくから」

アレクシスは身の回りを司祭たちに囲まれても、平然とそんな言葉をかけてくる。もちろん、今度はザカリアも聞き間違えたりしなかったようだ。

「おまえとハルカの結婚など、わしは絶対に認めないからな！」

年寄りのしわがれ声にしてはやけに大きな声を張りあげて、アレクシスに反論した。

そのまま、ハルカは廊下を連行され、城館のさらに奥へと連れられてしまった。

# 第五章　ハルカが子どもを欲しがった理由《わけ》

執務室がある棟から、ハルカの部屋がある主棟まで歩いてきたときのことだ。

ハルカを連行した祖父——白の聖爵ザカリアは、ずいぶん頭に血が上っていたらしい。

玄関を通ったとたん、家令を前にして体をぐらりとよろめかせた。

「ハルカを……部屋に閉じこめておけ。窓にも鍵をかけて、訪問者は絶対に誰も取り次ぐな！」

家令の肩に支えられ、どうにか居間まで歩いたザカリアは、そう言い残して、ソファに倒れこんだ。

高齢とは言え、普段は老いてもかくしゃくとしているザカリアが目眩《めまい》を起こして倒れたから、家令はずいぶんと驚いたらしい。

ザカリアに忠実な部下は、従者を呼んでハルカを部屋に閉じこめることこそ忘れなかった。

しかし、医者を呼んだり、ザカリアを寝室に運んだりして、気が動転していたのだろう。

窓に錠をかけることを忘れていた。

「おかげで助かったけど……わたしには、さすがに三階の窓から外に出るのは無理だわ」

部屋の両開きの窓を開けて、ハルカは久しぶりの自室で頬杖《ほおづえ》を突いた。

自分の部屋と言っても、帰ってくることは少ない。それでも不思議なもので、自分の部屋と言うのは、やはり愛着があるのだった。

白の聖爵の孫娘という身分にふさわしく、手のこんだ細工が施された家具に、最新式のシェードランプ。

植物柄の壁紙は、人気の壁紙作家の図柄のもので、花柄の刺繍のソファカバーとともに、女の子らしい部屋に見せていた。

鍵をかけられ、侍女も入ってこないのをいいことに、制服のままでソファの上にごろりと横になる。

腕置きに足を上げるのは、淑女としてはあり得ないふしだらな格好だったが、いまはそんなみっともないことをしたい気分だった。

少しでも、祖父に怒られそうなことをしたかったのだ。

「アレクなら……どうかしら。三階の窓から助けに来てくれないかしら」

ごろりと横になったまま、開いたままの窓を眺める。

なにせ以前、彼は寮の三階の部屋に突然現れたのだ。

そのときみたいに突然、現れて、助けてくれるのではないかと、かすかに期待している自分がいる。

不謹慎だけど、ハルカは少しだけワクワクしていた。

アレクシスが次にどんな予想外なことをしでかすのか、次第に楽しみになってきたせいだ。

「だって、アレクが結婚の報告にきましたと言ったときの、お祖父《じい》さまの顔と言ったら！」

鳩《はと》が豆鉄砲を食らったような顔というのは、ああいうのを言うのだろうか。

いつも厳格で、ラクロンド家でもっとも権威を持つ祖父が、あんな顔をしたところを見たのは初めてだ。

同じ聖爵だから気後れしないというだけではなく、あれはアレクシスの性格なのだろう。

自分が思いどおりにしたいときには、ほかの人の都合を考えず、目的を達成してしまうのだ。

普通の人なら、もっと世間体や礼儀作法を気にして躊躇するところに、迷いなく踏みこんでしまう。

彼が放蕩者《ほうとうもの》と言われるのは、そんな振る舞いのせいなのだろう。

最初はハルカもアレクシスがなにを考えているのか、まったくわからなかった。

しかし、最近は少しだけ理解できるようになっている。

彼はともかく自分が思うとおりの行動をして、それが問題だと見なされたとしても、あとから帳尻を合わせればいいと思っているようだった。

——でも、アレクは……ただ自分勝手と言うわけじゃないのよね。

それは折りにつけ、ハルカに見せる気遣いからもわかっていた。

他人のことをまったく無視しているわけではない。

でも、自分のペースに他人を巻きこんでしまう。

そうやって、ハルカがこれまで決して見られなかった景色まで、アレクシスはあっというまに連れ去ってしまうのだ。

「アレク……」

──会いたいな……いますぐ。

彼のことを考えていると、急に離れていることが耐えがたくなる。

いつのまにこんなに好きになっていたのか。

ハルカ自身、自分で自分の感情の大きさに驚いてしまう。

──でも、会いたいんだもの……。

「ね？　あなただって、お父さまに会いたいわよね？」

ハルカはお腹をさすって、まだいるとも実感が湧かない子どもに話しかける。

そこに、コンコンという控えめなノックの音がして、ハルカはびくんとソファから飛び起きた。

ガチャガチャと扉の鍵を開ける音がやけに大きく、部屋のなかに響く。

「だ、誰？」

祖父ではないはずだ。祖父なら、自分が鍵をかけたのだから、ノックはしないはずだ。

侍女か家令が食事でも持ってきてくれたのだろうか。

おそるおそる扉の側に近づいたハルカは、思わず、あり得ない名前を口にしていた。

「アレク……？」

願望が九割といったところで、いくらなんでも、妄想にすぎないことはわかっていた。しかし、ほかにやってきそうな人が思い浮かばなかったのだ。

返答がないまま扉が開き、ハルカは半分くらいがっかりして、半分はよろこんだ。

現れたのは、ハルカの母エミリアだったからだ。

手にはサンドイッチが並んだ皿とミルクを入れたカップを載せた盆を持っている。

どうやらこれが、今日のハルカの夕食ということらしい。

「お母さま……家に戻っていらしたのですか」

「そうよ。あなたのために帰っていたの。なぁに？　こんなところまで、あなたを助けに来るほど、いつ赤の聖爵猊下と親しくなったのかしら？」

からかうようなエミリアの物言いに、ハルカは緊張を解いた。こと、祖父を相手にしたときのエミリアはハルカの敵ではないからだ。

「ともかくなかに入れてちょうだい。誰かに見つかったら面倒だから」

どうやら、部屋の前に見張りはいなかったようで、ハルカはほっとした。

祖父が倒れて、ハルカの軟禁どころじゃなかったと言うのもあるだろう。

しかし、それ以上に、家令もザカリアもハルカが部屋から逃げ出すとは思っていないのがうかがえた。

これまで、ハルカは祖父に従順な孫だったからだ。

家長であり、白の聖爵である祖父の命令は絶対。

そんな不文律がフロレンティアの聖殿には行き届いている。

唯一の例外が母で、母は頻繁に祖父と揉めていた。その争う声がハルカは苦手だった。

ハルカがいい子にしているほうが、母と祖父の言い争いが少なかったせいもあり、ハルカは自然と祖父に逆らわなくなっていた。

子どもというのは意外と空気を読んで、争いを避ける。

それがいつのまにかハルカの習い性になっていたが、自分の意思がないわけではない。

自由に振る舞うアレクシスといるうちに、ハルカも自分の意思を出すことに、少しずつ慣れてきたのだ。

「実はね、少し前に赤の聖爵猊下が私たちのところに来たのよ。私とダニエルに署名をしてほしいって」

母は、ハルカの部屋のソファに座ると、時間が惜しいとばかりに話を切り出した。

スカートの隠しから書類を取り出し、ローテーブルに広げてみせる。

「えーっと、これね。あなたも急いで署名してちょうだい。はい、これ」

エミリアは携帯用のペンとインク壺を取り出して、ペンをハルカに差し出す。

こんな場面にハルカは見覚えがあった。

アレクシスと初めて会った日のことだ。

彼もハルカに羽ペンを差し出して、早く署名をするように迫ってきた。ほんのささいな言葉尻をとられ、いつのまにか条件付きの結婚を了承したことになっていた。

半年ほど前のことなのに、なぜだかずいぶん前のことのように感じられて、笑いたくなってしまう。

アレクシスと過ごす時間が居心地がよすぎて、そのきっかけとなった日の、彼の強引さを忘れかけていた。

――『彼女の両親には、すでに許可をもらってあるのですが』

赤の聖爵はさっきそう言っていたのだ。

「これ、もしかしてアレクが頼んだの？　お母さまはわたしがアレクと結婚してもいいの？」

母が持ってきた書類は、先日カイルが作成した条件付き結婚契約書の条件が成立したことを認める書面だ。

「当然でしょう。いいじゃないの。アレクシス猊下を捕まえるなんて……我が娘ながら、よくやったわ！」

エミリアは母親らしい包容力のある微笑みを浮かべて、ハルカの肩を叩いた。

髪の色こそ違うが、ハルカの顔立ちは母にそっくりだ。

先祖返りでもしたように、家族のなかではハルカだけが漆黒の髪をしていたから、いろんな悪い噂を立てられることもあった。

明るい茶髪の両親から、黒髪の娘が生まれるのはおかしい。ハルカはエミリアが旅の男と作った子で、父は無理やり不義の子を持つエミリアと結婚させられたと、噂を立てられたこともある。

あるいは、ザカリアの溺愛っぷりを揶揄《やゆ》して、本当はハルカはザカリアが外で作った子だという、ひどい噂まであった。

子どものころのひどい噂を思い返すと、いまでも、ため息が漏れる。

思わずお腹をさすったハルカは、不安そうな顔をしていたのだろう。エミリアは腕を伸ばして、ハルカの頭を抱き寄せた。

「子どもができたんですって？」

頭上から聞こえてきた声にドキリとする。

ハルカは母の胸のなかで、その心音を聞きながら、ちらりと書類に目を向けた。

条件付きの結婚契約書を承認する書類なのだから、その条件に触れないわけにいかなかったのだろう。

結婚する前に、アレクシスと関係を持っていたことを知られてしまったのは、正直に言えば後ろめたい。

白の聖爵の孫娘として、結婚するまで清らかな娘であることが望ましいとする倫理観で、ハルカは育ったからだ。

「ご、ごめんなさい……わたし……」

ふしだらな娘だと怒られるだろうと、ハルカは先に謝罪を口にした。

祖父に逆らい、聖殿を汚すように抱かれた背徳は、ハルカにとって甘い蜜のようだった。

ザカリアはハルカをかわいがってくれたし、孫娘のたいていの我儘《わがまま》を許してくれた。

しかしその一方で、厳格な聖爵でもあった。

祖父がハルカをかわいがってくれるのは、いつかハルカが彼の命令どおりの結婚をして、フロレンティアの聖殿を守るからだ。

いつからか、そう気づいたころから、ハルカは祖父と会うときに息苦しさを覚えるようになり、聖典の教えにさえ、鬱屈とした感情を抱くようになった。

それでいて、聖爵である祖父に逆らう冒瀆《ぼうとく》の片棒を担いたのが、同じ聖爵のアレクシスなのだから、奇妙な符号だった。

ソフィアの旦那さま――青の聖爵カイルはザカリアと同じく、聖典に忠実な聖爵のようだったが、アレクシスは違う。

ハルカの背徳的な企みにつきあってくれたし、ザカリアにも傍若無人な振る舞いを平気でする。

——同じように聖殿で過ごす羽目になるなら、アレクシスのところで暮らしたい……。お祖父《じい》さまの決めた相手と結婚するなんて嫌だわ。

祖父が決めた相手だから嫌なのか、相手そのものが嫌なのか。

どちらがより嫌なのかと聞かれれば、きっと簡単には答えられない。

ハルカのそんな鬱屈とした感情を、エミリアは理解していたのだろう。ハルカの謝罪などいらないとばかりに額にキスをして、静かな声で言った。

「いいのよ、好きにしたって。私だって好きにしたんだから、ハルカも好きにしていいの」

「お母さま……」

エミリアの励ましは力強く、ハルカの不安な心を支えてくれる。

「私がお父さまに逆らってダニエルと結婚したせいで、ハルカに辛い思いをさせてしまったわね」

ここでいうお父さまとは、エミリアにとっての父——ザカリアのことだ。

母にしてみれば、いまハルカが直面している祖父との諍《いさか》いは、自分も通った道なのだ。

エミリアはハルカを腕から解放して、額をつきあわせる格好で言う。

「お父さまに知られる前にこの書類を出してしまえば、結婚は簡単に撤回できないわよ？　いいのね？」

母親の念押しに、今度は間髪容れずにうなずき返す。

アレクシスのことが好きだと自覚したいま、もうハルカは自分の心を決めていた。

自分はアレクシスにふさわしい花嫁ではないかもしれない。

そんな迷いはまだ残っているが、それでも、契約は契約だ。

アレクシスが結婚してもいいと言うなら、ハルカには断る理由がない。

——アレクシスがなぜわたしと結婚してくれるのかは、いまだにわからないけど……。

ハルカは携帯用の小さなインク壜の蓋を少しだけ苦労して開けると、ペン先をインクに浸して、さらさらと自分のサインを書き入れた。

自分の細い指先を見ていると、比べるようにアレクシスの長く骨張った指先を思い出してしまう。

アレクシスに会いたい。彼の指先が恋しい。

ハルカがそんなことを考えている間にも、インクは乾いてしまった。

「あ、アレクにもよろしくと伝えておいて」

エミリアはこれから、この書類を渡すためにアレクシスに会うのだ。そう気づいて、なにか伝えてもらおうと思ったが、こんなときになにを言えばいいのかわからず、そう告げた。

しかし、エミリアは定型句のようなハルカの言葉が、気に入らなかったらしい。

「よろしくはないでしょう、ハルカ。そこはせめて、『愛してると伝えて』くらいのことを言いなさいな」

「あ、愛してるって……⁉　ええっ⁉」

思わぬ母親の大胆発言に、上擦った声が漏れる。

しかし、動揺しているハルカをよそに、エミリアはソファから立ちあがり、部屋を出て行く空気を漂わせた。

「そう伝えておくわ。サンドイッチ、ちゃんと食べておきなさい。空腹だと、いざというときにお父さまに勝てないわよ」

そんなふうに言って、頑張りなさいという励ましの代わりだろうか。

エミリアはハルカの頰に親愛のキスをひとつ落とすと、きびきびとしたスカート捌《さば》きで部屋を出ていってしまった。

結婚する前に、子どもができたなどという話を、母とする羽目になるとは夢にも思わなかった。

しかし、ハルカが条件付き結婚を申し出たのは、そもそも母と祖父の確執が原因だったのだ。

セント・カルネアデスの聖殿で、まるで世間話のようにアレクシスがハルカに求婚してきた瞬間を、いまも鮮やかに思い描くことができる。

そのときのハルカの脳裡《のうり》には、祖父が決めた相手と結婚したくないという感情とは別に、母と祖父が争う声が、かすかに聞こえていた——。

†　†　†

いまでも思い出すたびに、胸が締めつけられるような心地がする。

ハルカが子どものころ、両親と祖父の間には、いつも口論が絶えなかった。

母はザカリアの実の娘だからだろう。祖父ザカリアに対して、決して一歩も引かなかった。

「どうして、あんな男と結婚したんだ!?」

「私があの人に、聖爵にならなくてもいいと言ったんです!」

そんな冷ややかな声のやりとりを、城館の柱の陰で何度、聞いたことが。

まだ小さなハルカにはわからないと思って、周囲も気にしていなかったのかもしれない。

しかし、子どもと言うのは、家族の不和などわからないようでいて、敏感に感じとるのだ。

幼いなりにハルカは、自分が生まれたことで、祖父と母の間に諍いが絶えないことを漠然と理解していた。

母が選んだ結婚相手——ハルカの父親ダニエルは聖職者ではなかった。その資格をとろうともしなかった。

聖爵は世襲で継ぐことが多い。それでも、聖爵となるためには聖職者の資格が必要で、そのためには、上級の神学校に通わなくてはいけなかった。

しかし、母と結婚したとき、すでに事業をはじめていた父には、神学校に通う時間がなかった。

あるいは最初から聖爵になる気がなかったのかもしれないが、本当のところはわからない。

さらに言うなら、父と母の間になかなか子どもが生まれなかったことも、祖父との間に軋轢《あつれき》を深めた。

祖父は何度も父との離婚を迫り、母はそのたびに反発した。

しかも、そんな争いの果てに、やっと生まれたのは女の子だった。

当然のように、ラクロンド家の跡継ぎ問題は拗《こじ》れに拗れた。

家督を継ぐだけならまだしも、聖爵は男性がなるものと決まっていたからだ。

問題が新たな問題を引き寄せるのだろうか。

ハルカを産んだあと、母は体を壊してしまい、第二子を望めば命がないかもしれないと、医者から言われてもいた。

ラクロンド家の跡継ぎと白の聖爵位の世襲。

そのふたつが持つ権力と領地、財産――そんなありとあらゆるものが、小さなハルカの肩にかかっていた。

生まれた瞬間から、それらはハルカの自由を奪ってしまったのだ。

それが嫌だとか、逃れたいとか、そんなことを子どものころから考えていたわけではない。白の聖爵ザカリアは、娘夫婦との確執を忘れてしまったかのように、孫娘のハルカを溺愛したし、ハルカも祖父が嫌いではなかった。

漠然と、自分が婿をとってラクロンド家を継ぐのだとも思っていた。

そもそも、上流階級の令嬢は、親が決めた相手に嫁ぐ。

祖父に逆らって結婚した母が例外なのであって、だからあんなにも祖父と揉めたのだと、子ども心に考えていた。

——なぜ、お母さまは、お祖父さまの言うとおりの結婚をしなかったのかしら。

そんなふうに、ひそかに母を非難してさえいたのだ。

親友のソフィアが、長年好きだったカイルと結婚するまでは——。

両親と、権力者である祖父の確執が元で、ハルカは十一歳から、その大半を聖エルモ女学院で暮らしていた。

聖エルモ女学院では、成長するうちに、同級生がひとりまたひとりといなくなり、親の決めた相手へと嫁いでいった。

なかには、二回り以上も年上の相手に嫁ぐ娘もいて、ハルカ自身もそれが当然だと思っていた。思っていながら、心のどこかで歯車が少しずつ狂っていくような、軋《きし》んだ違和感を覚えてもいた。

その違和感の理由に、親友のソフィアが恋愛結婚をし、自分自身も見合いをさせられるようになって、ようやく気づいたのだ。

──なぜ、母は祖父に逆らって父と結婚したのか。

──なぜ、子どもがなかなか生まれなくても、父と離婚しなかったのか。

それは母が父を好きになったからだろう。事業で忙しく飛び回る父と久しぶりに会えるとき、母はいつもうれしそうにしていた。

でも、なかなか子どもができなかったときでも、父と離婚しなかったのは、愛情からだけじゃない。いまならわかる。

ラクロンド家でもっとも権威を持つ、白の聖爵たる祖父ザカリア。

母は厳格な父の下で息苦しさを覚え、その支配から逃げ出したかったのだろう。

──わたしも、そうなのだわ……。

聖殿を汚す背徳のよろこびに浸ってしまうのは、それが聖爵たる祖父への反抗に繋がるからだ。

目の前で反抗する勇気を持てない分だけ、見えないところで、背徳への憧れが深く深くハルカの心に根づいていた。

アレクシスとの情事は、ハルカのそんな幼い反抗心を存分に満たしてくれた。

告解室で喘ぎ声をあげて、獣のように貫かれているとき、ハルカはいつも自由になれた。

いつか終わってしまう自由だとわかっていても、アレクシスとの秘密の関係に溺れてしまっていた。

——わたしはラクロンド家のために、祖父の決めた相手と結婚しなくてはならない。

いい子でいたいハルカが、そんなふうに諦めている一方で、

——見合いなんてしたくない。

——祖父の決めた、頭の硬い年配の聖職者になんか抱かれたくない。

そんな鬱屈とした感情を抱くハルカも、心の奥底に確かにいたのだ。

祖父と母の確執を見て育ったハルカは、ずっと子どもができてから結婚すればいいのにと思っていた。

幼いころはまだ、貴族の習慣も世間体も知らない。

父と子どもを作ってから結婚すれば、少なくとも、

『子どもができないのだから、離婚しろ』

とは言われなかっただろう。

父のダグラスが家にあまりよりつかないのも、祖父との確執のせいなのだろうと、うすうす察していた。

ハルカはザカリアにかわいがられていたから、母はハルカをフロレンティアの聖殿に残し、父に会いに行く。

だから、ハルカはなかなか父に会えない。

その大人の都合は、小さなハルカにはとても不条理に思えたのだ。

† † †

「それに、わたしは……アレクシスが好き……」

自室のベッドに横になりながら呟くと、いまはひとりでいるにもかかわらず、アレクシスといっしょにいるときのような甘やかな気持ちがよみがえる。

この気持ちが恋なのだろう。

初めて抱いた感情をなかったことにして、お腹の子どももなかったことにして、祖父の決めた相手に嫁ぐことはもうできない。

——子どもがいるんだもの。お祖父さまにもそう告白しなくては……。アレクシスに倣《なら》って、わたしももう少し自分勝手を押しとおそう。

そう決めると、少しだけ心が楽になる気がして、目を閉じたハルカは深い眠りへと落ちていった。

# 第六章　結婚式は晴れやかな鐘の音とともに

ラクロンド地方の豊かさを思えば、祖父は悪い統治者ではないとわかる。

その地方の名を有するラクロンド家が、白の聖爵の位を手放すことを夢にも考えられないことも。

しかし、セント・カルネアデスの聖殿が、世襲を離れた聖爵をいただいてもなお発展しているところを、ハルカは目の当たりにしていた。祖父とはまったく違う性格の聖爵——アレクシスのことも知ってしまった。

ハルカの世界は突然広くなり、祖父の考えにだけ殉ずることは、いまのハルカにはもうできなかった。

——お祖父《じい》さまに、ちゃんとそう言わなくては……わたしもお母さまのように、自分の意見を言うわ。

一晩寝て、目が覚めたとき、ハルカはそう決意していた。ところが、

「ハルカ、最近のおまえは勝手なことばかりして、目に余る。もう大学は終わりだ。わしは退

学届を出しておいた」

部屋を訪れたザカリアが開口一番にそう言ってきたから、ハルカは衝撃を受けてしまった。

「ええっ⁉　退学届を出してしまったの？　わたしになんの相談もなく？」

「相談などする必要はない。おまえはもう結婚するのだし、神学校ならまだしも、大学での勉強などなんになるというのだ……我《わ》が儘《まま》を言っていないで、来なさい」

——待って待って……だってわたしまだ単位を取り終わってないし、寮の荷物だってそのままだし……。

アレクシスと結婚するにしても、大学は休学するか辞めるかしなかっただろう。それは仕方ない。

けれども、アレクシスは強引に話を進めるときでも、必ずハルカにも断りを入れてくれていた。そうでないときでも、ハルカの気持ちを慮《おもんぱか》ってくれているのがわかっていた。

でもいまの祖父の言葉には、ハルカの気持ちに対する思いやりが一切なかった。

それを目の当たりにさせられて、ハルカは茫然自失《ぼうぜんじしつ》してしまったのだ。

困惑したまま反論のひとつもできないでいると、ザカリアは年寄りにしては強い力でハルカの手を引き、部屋から連れ出した。

——そういえば、お母さまは、昨日、どこから鍵を調達してきたのだろう。

母は長年暮らした城館を仕切っているのだから、すべての部屋のスペアキーを持っているのかもしれない。

また元のように鍵をかけてあったおかげで、母の訪問は祖父には気づかれなかったようだ。

エミリアがアレクに連絡をとっているはずだし、その事実に祖父はまだ気づいていない様子だ。

昨夜の母との会話を思い出すうちに、ハルカは少しずつ落ち着きを取り戻した。

——お母さまは書類をアレクに届けてくれたはず……だから、きっと大丈夫。

自分で自分を励まして、前を歩く祖父の威圧から、少しでも心を自由にしようと努力する。

長年、争いを避けるように従順にしてきたせいだろう。

家族の絶対的な支配者であった祖父に口答えするのだと思うと、口のなかが乾いて、言葉という言葉が失われていくような心地がした。

「……っ、待っ……お祖父さ、ま……」

掠れた声はか細くて、すぐそばにいるザカリアの耳にも届かない。

城館の一階に出ると、渡り廊下をいくつも通り、中庭を抱く回廊へと足早に連れて行かれてしまう。

後ろからついてくるのは、ザカリアの取り巻きで、万が一ハルカが逃げだそうとしようものなら、すぐに捕まえようと身構えていた。

——どうしよう……アレク。アレク、助けて……。

祈るようにアレクシスの名前を呼ぶと、ふっ、といつだったか聞いた彼の声が耳によみがえる。

――『聖獣レアンディオニスが足の先で地面を叩くと、不思議なことに、こんこんと泉が湧き出した。

魔王の炎に干上がっていた地面はたちまちみずみずしさを取り戻す。

――さぁ、種を蒔きなさい。緑豊かな地が悪魔を追い払うでしょう』

アレクシスはその詩編を口ずさんだ夜、ハルカのことを抱いたのだ。

低い声でハルカの名前を呼んで、長い指先が体のあちこちに触れて。

その記憶を呼び覚ますと、アレクシスの言葉に導かれるように、心の奥底で泉が湧いた。ザカリアに逆らう力を与えてくれる泉だ。

「あの、お祖父《じい》さま、どこに行こうというのです?」

今度はしっかりした声が出た。そのことにさらに力を得て、ハルカは言葉を続けた。

「確かに、大学へはもう戻らなくていいと思います」

ハルカがそう言うと、ザカリアが歩をゆるめて振り返る。

「ようやく聞き分けがよくなったか。まったく、エミリアのように、おまえもわしに逆らうようになるとは……小さいころは『お祖父さま、お祖父さま』と言って、わしの後をついてばかりいたのにな」

それはハルカもかすかな記憶がある。

小さな子どもには聖殿は広くて、知らない場所や秘密の場所がいっぱいあって、いくらでも遊んでいられそうな素敵な場所に見えていたのだ。

でもいまは違う。聖殿はハルカを祖父の僕《しもべ》として縛りつける牢獄《ろうごく》だし、自分の部屋さえ、安全な場所ではないのだ。

回廊を抜けて扉をくぐると、大聖堂の祭壇の側に出る。

フロレンティアの大聖堂だ。

この大聖堂はセント・カルネアデスより百年ほど後に作られたため、天井がより高い造りになっており、天窓からの光が幾重にも重なって見える様が、荘厳な感銘を与える。

ハルカにとっても見慣れた光景ではあったが、何度見ても、扉をくぐった瞬間の光景は、心を揺さぶるほど美しい。

それでも、この美しさがハルカの自由を奪うというなら、ここは聖なる場所ではなく、魔王が潜む紛《まが》いものの地なのだ。

——歪《ゆが》んだ美しさに惑わされてはいけない……。

ハルカは口元をきつく引き結んで、ザカリアへの反抗心を保っていた。

司祭とザカリアに連行されるようにして祭壇の前に連れられると、その場に見覚えがある男性がいた。

以前、見合いをした年配の聖貴族だ。見合いのときは、グレイグ伯爵と名乗っていたことをようやく思い出す。

「こんにちは。確か、セント・カルネアデスの聖殿でお会いしましたね」

グレイグ伯爵は表情だけは微笑んでいるように見えた。いや、そう見せかけていた。しかし、目元は冷ややかなままだ。

なぜなら、彼はハルカを蔑《さげす》んでいるからだ。

――この人のことが、やっぱり苦手だわ。

女だから見下しているのか、あるいは単にハルカが若いからなのか。

その違いはわからないけれど、祖父以上にハルカは彼が苦手だった。

ハルカがアレクシスと結婚するとザカリアに伝えた翌日に、グレイグ伯爵がこの場にいる意味は、考えるまでもない。

ザカリアはいまここで、ハルカと彼の結婚式を挙げようとしているのだ。

「お祖父さま、これはどういうことか、説明していただけますか？」

ハルカはできるだけ静かな声で、祖父に問いかけた。

焦って声を荒らげてはダメだ。時間を稼いだほうがいい。

じりじりと、心の内側を怒りと焦燥感に焼かれながら、ハルカはグレイグ伯爵を無視して、祖父を見た。

「説明もなにもない。以前、顔合わせをしただろう。グレイグは聖職者の資格を持っているし、血縁関係は薄いが、遠縁に当たる。聖典の解釈もわしと同じ派閥に属していて、この聖殿を継ぐのにふさわしい男だ」

ザカリアの説明を聞いて、ハルカはひくりと頬が引き攣るのを感じた。

ラクロンド家を守れと言われるのはわかっていたが、まさか聖職者の派閥の話までされるとは思わなかった。

心の片隅に残っていた、肉親としての祖父への愛情が、一気に冷めるのがわかった。

「嫌です。わたしはアレクと──アレクシスと結婚する約束をしましたから、この方とは結婚できません。お祖父さま」

ハルカは背筋を伸ばして、一息に言い切った。

アレクシスが好きだという気持ちが、震えそうな心を支えてくれている。

「アレクシスとの結婚なんて駄目に決まっているだろう。あれはあんななりで赤の聖爵だ。いくら聖職者の資格を持っていても、ふたつの爵位を同時にいただくことはできない。あの男では、このフロレンティアの聖殿の跡継ぎになれないのだからな」

そうだ。ハルカも知っていた。

アレクシスは聖爵で、彼とハルカが関係を持てば、必ずザカリアと衝突しなくてはならない。

そうとわかっていて、アレクシスの誘いに乗ったのだ。アレクシスに、白の聖爵の孫娘だと打ち明けないまま。

――わたしって最低だわ……。

自分でも自分がしたことは卑怯《ひきょう》だとわかっている。

もし、アレクシスがハルカのしたことに気づいて、許せないと思ったのなら、助けに来てくれないかもしれない。

――でも、来てほしい……な。

それはハルカの嘘偽りない本音だった。

アレクシスがなにを考えているかよくわからないが、彼はいつも予想を超えるようなことをして、ハルカを驚かせてきた。

だからいまも、不安を覚えながらも期待して待ってしまう。

彼が、ハルカには太刀打ちできない祖父の鼻を明かすようなことを、やってくれるのではないかと楽しみになってくる。

ハルカとザカリアのやりとりが平行線を辿り、硬直した空気が漂ったとき、身廊の先――正面玄関のあたりで、ざわめきが起こった。

長い身廊を隔てても感じる慌ただしさを引き連れて、司祭がやけに足早にこちらへと向かってくる。

ただ事ではない様子に、どきりとした。

――アレクシスが来て……くれた？

でも、正面から来たら追い返されると、アレクシスだってわかっているだろう。

ハルカとグレイグ伯爵を無理やり結婚させようとしているときだから、当然のように、正面玄関は閉じていた。一般の参拝者はしばらく入れないし、ザカリアへ用事がある人は城館のほうへ回され、そこで待たされるはずだ。

ところが、ザカリアに司祭が耳打ちするより早く、正面の大扉が開いた。

「なにごとだ⁉　今日は用が終わるまで誰も通すなと言っただろう⁉」

「そ、それが……」

罵声を浴びせかけられながらも、司祭は青褪《あおざ》めた顔でザカリアに顔を寄せ、二言三言呟いた。

すると、今度はザカリアもさっと表情を一変させた。

「な、なんだと⁉　まさか……今日お越しになるとはうかがってないぞ⁉」

ザカリアの動揺する様子を見て、ハルカはピンときた。

この人を驚かせる仕掛けは、アレクシスがなにか策略を成功させた結果なのだろう。

果たして彼はなにをやってくれたのだろうと、わくわくしながら、大扉を注視していると、光を背負って入ってくる人物は、頭上に細長い帽子を抱き、やけに袖の長い服を着ている。

裾の辺りの膨らみから察するに、ローブを纏っているようだ。そのシルエットはやけに特徴がはっきりしていた。

「あ……まさか……！」

ハルカは思わず息を呑んだ。

その影の人物が身に纏っているのは、法衣《ほうえ》だ。

お付きを従え、姿が近づいてくると、白い法衣と、ときおり肩掛けが翻《ひるがえ》るのが、はっきり見てとれる。その肩掛けの色は、紫。

法王猊下だけが身につける色だ。

ザカリアは最初こそ動揺していたが、思わぬ高位の人物の登場に、ハルカとグレイグ伯爵の結婚のことなど忘れてしまったかのようだ。

祭壇を離れて、招待席が途切れるところまですばやく歩いていくと、緋毛氈《ひもうせん》の端で、法王猊下が歩いてくるのを待った。

「久しぶりだな……ザカリア。息災にしていたか」

「法王猊下におかれましては、本日もご機嫌麗しいようでなによりです……突然のお越しに、少々驚いておりますゆえ、聖殿のものに不手際があったとしたら、ご寛恕《かんじょ》ください」

「うむ……正面玄関が閉ざされていたゆえ、司祭と多少の問答にはなったが、大事ないぞ」

ハルカはわずかに頭を下げた格好で、ザカリアと法王猊下のやりとりを盗み見ていた。

司祭たちが一様に右手を胸に当てて頭を下げたので、ハルカもそれに倣ったのだ。

聖貴族として、その儀礼的な振る舞いが身についているのだろう。グレイグ伯爵も同様に頭を下げていた。

——こんなに間近でご尊顔を見るのは初めてだわ……。

子どものころに、ザカリアと同席したときに声をかけられて以来、法王猊下と言葉を交わした記憶はない。

聖ロベリア公国の頂点に立つ人だが、見た目はまだ若い。

さらさらとした白金色の髪は、前髪を後ろに流し、うなじにかかるところで綺麗に揃《そろ》えられていた。

ちらりとグレイグ伯爵の顔を見て、法王猊下と比べてみる。グレイグ伯爵は五十過ぎていたはずだから、法王猊下は四十そこそこと言ったところか。

穏やかな笑みを浮かべているせいで落ち着いて見えるが、青灰色の瞳は、まだ未知の世界に足を踏み入れるだけの好奇心を宿していた。

その瞳が、面白そうな光を湛えて、ちらりとハルカを見たと思うのは気のせいだろうか。

どこかしら、企みを秘めているときのアレクシスを思い出させる瞳だ。

「アレクシスの結婚式があると聞いて、突然、呼び出されたのだよ。いくらなんでも急な話だったが、たまさか予定が空いていたし、聖爵本人が結婚するのだ。私が出席しないわけにいくまい」

その言葉に、ザカリアの表情がさっと険しくなったのがわかった。

ただ、険しいというだけではない。憤怒の表情というのは、こういう顔を言うのだろう。かっかとした怒りが頂点に達して、いまにも爆発しそうな顔だった。かろうじて叫び出さなかったのは、法王猊下の存在のせいだ。

ザカリアは口を開きかけては閉じ、またなにか言おうとしては声にならないと言った様子で、赤くなったり青くなったりしていた。

「ところで、アレクシスはどこにいるのだ？　花嫁となる娘は？」

そう言って法王猊下はぐるりとあたりを見回した。ハルカは、あっ、と思った。

ハルカは弾かれたように顔を上げ、はっきりとした声を大聖堂に響かせた。

「花嫁はわたしです！　法王猊下」

聖典を詠唱するときに響きがいいように、祭壇の回りは音響がよく作られている。壁に反響した声が谺《こだま》となって帰るのを聞きながら、ハルカは一歩進み出た。

法王猊下に対して、いまの発言の許しをいただくように、体を沈めるお辞儀をする。

「君か。ああ、覚えているぞ。確かエミリアの娘だな。幼いころに何度か会ったな」

「はい、猊下。記憶に留めていただけていたなんて……光栄です」

貴族が相手なら、ここで手を差し出して親愛のキスを手の甲に受けるところだが、聖ロベリア公国では、法王猊下とそういう儀礼的な挨拶をしない。

代わりに、法王猊下はハルカを祝福するように、軽いハグ——抱き寄せる仕種をした。

法王猊下はアレクシスと同じくらい背が高く、猊下の長い袖に覆われると、ハルカの体は完全に隠れてしまう。

ザカリアやグレイグ伯爵に聞こえないようにだろう。法王猊下はハルカの耳に顔を寄せると、

「アレクシスはカイルと外で待っているから、心配はいらないよ」

囁くような声でそう告げた。

――アレク……やっぱり！

ぱっとハルカが笑顔になったのを、返答の代わりだと受け止められたらしい。

法王猊下はハルカの額に、軽いキスを落とした。

「私の連れが正面玄関で足止めを食らっているのだが、入れていいだろうね、ザカリア？」

その言葉は確認の形をとっていたが、実際には命令に等しい。法王猊下が大きく手を上げる

と、お付きのひとりが軽く頭を下げてから身廊を歩いていく。

彼が扉係の司祭になにごとかを告げると、正面玄関の大扉がまた開いた。

その光のなかを歩いてきた影が誰なのか、今度は考えるまでもなくわかった。

悠然とした歩き方は、のんびりとしてさえ見える。

アレクシスが歩くときの癖だ。

並んで歩く、同じような背格好の影は青の聖爵カイルだろう。

この時間にフロレンティアにいると言うことは、おそらく、昨日のうちにアレクシスから電

話をもらい、無理やり呼び出されたのだ。

ハルカも少しだけ、アレクシスの人となりを理解しつつある。

アレクシスは気まぐれに見せかけて、その実、計算高いところがある。

なにも考えていないようでいて、綿密になにかを企んでいるのが、赤の聖爵猊下という人なのだ。

おそらくアレクシスは、いつハルカが子どもができたと言ってもいいように、法王猊下とカイルの予定を把握していたのだろう。

休みの日に呼び出せば、来てくれる公算が高い。

——おかしいと思った。いくらなんでも、やけにせっついて、わたしの実家に挨拶に行くと言うから……このためだったのね。

ハルカが子どもができたと告げたとき、アレクシスの頭のなかでは、もう今日の算段ができていたに違いない。

つまり、昨日、ザカリアがハルカとの結婚を了承してもしなくても、そのどちらでもアレクシスの予定どおりだったのだ。

あるいは、ハルカがアレクシスの提案に乗り、秘密の関係を持ったころに、すでに今日の日を準備していたのかもしれない。

——それって、すごくありえそう……。

半ばあきれ、半ば感心しつつ、ハルカはあとでアレクシスを問い詰めようと思った。

――だっていつから、知っていたの？

そう聞いたら、アレクシスはなんて答えるのだろう。

早くその答えが知りたくて、ハルカはうずうずしていた。

長く巨大な身廊は、細長い部分から、祈りを捧げる信者席のところで床の模様が変わる。

その変わり目に背の高い姿が足を踏み入れ、アレクシスの整った顔がはっきり見てとれる距離まで近づいてくると、もう待ちきれなくなってしまった。

「アレク！」

考えて動いたわけではない。でも、アレクシスの顔がはっきり見えたとたん、ハルカは彼に向かって駆けだしてしまった。

淑女らしからぬ行動だとは思ったが、いまの溢れだしたよろこびは、長年叩きこまれた女学院の躾でさえ押しとどめることはできなかった。

「アレクシス！」

「おっと……つい先日まで会っていたけど、久しぶり」

ハルカが彼の体に飛びついたところで、アレクシスはなんということはないらしい。ハルカを腕に抱きあげて、ぐるりとダンスをするように、制服姿を振り回した。

「そうね……昨日も会っていたし、これからずっといっしょにいる予定ではあるけど、また会えてうれしいわ」

　こんなときでも、アレクシスは変わりなく落ち着き払っている。彼が彼のままでいるのがうれしくて、ハルカも気取った物言いで返事をする。

「そうだね。これから、ハルカとずっといっしょにいる誓いをするのに、立会人のひとりもいないのはつまらないと思って、法王猊下に来ていただいたんだ。署名をいただく必要もあったしね」

　打って響くように、ハルカの言葉に乗って会話が続く。アレクシスのこういうところがハルカは好きだ。

　思わず、口元が微笑みの弧の形にほころんでしまう。

　アレクシスの腕に抱かれると、さっきまで感じていた息苦しいまでの不安が、どこかに消し飛んでしまうから、我ながら単純だと思う。

「ありがとう、アレク。法王猊下が見守ってくださる結婚式なんて……素敵だわ」

　首に抱きついて、頬にお礼の軽いキスをすると、肩の向こうに見知った顔がいるのが見えた。

　アレクシスとカイルの背の高い姿に隠れて見えなかったが、ソフィアとエミリアもついてきていたのだ。

　ソフィアは、ハルカに向かって握りしめた拳を小さく振っている。たぶん、応援していると
いう意味なのだろう。

エミリアは、昨夜ハルカが署名したとおぼしき書類を見せてくる。

アレクシスとカイルがここにいて、法王猊下までもが呼び出されているところを見ると、結婚契約書はすでに有効になったのだ。

そうわかると、なおさらうれしさがこみあげてきて、気持ちが止められなくなった。

「アレクったら……本当にびっくり箱みたいな人なんだから！」

ハルカはそう言って、アレクシスの唇に唇を重ねた。

「アレクシス、おまえなにを……こんなくだらないことに法王猊下を巻きこみおって……！」

大事な孫娘が自分の意図しない男と結婚すると言うだけでも許せないだろうに、目の前でいちゃつかれたのだ。

無理もないことに、怒りを露わにしたザカリアの額には、青筋が走っていた。

しかし、法王猊下は穏やかな笑みを浮かべて、ザカリアの発言を諫めた。

「よいのだ。以前、アレクシスに任せた仕事をよくやり遂げてくれたときに、褒美をとらせることにしたのだが……それが、結婚式に参列してほしいというものでな」

法王猊下の発言に真っ先に反応したのは、ソフィアとカイルだ。

「あ……それって……」

「そうか。私の仕事を監視していたやつだな」

二人は顔を合わせながら、同時に言葉を発した。

どうやらふたりは、法王猊下が任せたという仕事に、思い当たるところがあるらしい。

カイルだけじゃなく、ソフィアまでもが知っていると言うことは、彼女の結婚に関わる話なのだろう。

ソフィアの生家はアレクシスの統治するラヴェンナ地方にあるからだ。

そういえば、と彼と初めて会ったときのことを思い出す。

アレクシスはカイルに貸しがあるのだからと言って、ハルカとの結婚契約書を無理やり作らせていた。

アレクシスは恩着せがましい性格ではない。

しかし、人が気づかないうちに恩を着せておいて、自分が必要と思うとその貸しを取り立てているのだろう。

そんなちゃっかりとしたところも次第に理解してきて、なおさら愛《いと》しく思えてくる。

「白の聖爵ザカリア猊下」

アレクシスは珍しく、『ザカリア猊下』などと丁寧な物言いで呼びかけた。

そのせいでザカリアも注意を引かれたのだろう。アレクシスの話を聞く素振りを見せた。

あるいは、その丁寧な物言いは、自分に恭順を示す前振りだとでも思ったのかもしれない。

抱きあげていたハルカを床に下ろし、神妙な顔をしていたからなおさら。しかし、

「ハルカ嬢と私は結婚する。彼女の両親の許可はもういただいているし、なにより、彼女のお

腹には私の子どもがいるのでね」

赤の聖爵が、そんな殊勝な性格をしているわけがなかった。

いくら一般の市民はいないとはいえ、大聖堂で、グレイグ伯爵や司祭がいる前で、堂々と婚前交渉をしていた事実をあからさまにしてしまったのだ。

「ア、アレク……こんな場でいきなりなにを言って……」

慌てたのはハルカのほうだ。アレクシスの聖爵という立場を考えて、ハルカとしては人前ではことさら気をつけていたつもりだ。

しかしいま、その本人によって台無しにされてしまったのだ。

「いいじゃないか、事実なんだし」

あっけらかんと答えるアレクシスのしたり顔は、それがハルカの望みだったのだろうと突きつけてくるようでもある。

——そうなんだけど……わたしが望んだのだけど……！

子どもがいると言えば、祖父は諦めると思っていたのに、そうではなかった。むしろ、激昂《げきこう》を増したような気さえする。

「な、なにぃ、子どもだと⁉　き、貴様、よくもそんなふしだらなことを……ハルカ、おまえもだ……いったいなにを……ッ」

アレクシスの言葉は、あまりにも刺激が強かったのだろう。衝撃のあまり、言葉を詰まらせたザカリアは、泡を吹いて体をよろめかせた。

「猊下！　猊下、落ち着いてください！　血圧が上がってしまいますから」

いち早く危険を察知した取り巻きの司祭が、ザカリアの体を支えて招待席の最前列に座らせる。

その手際のよさからすると、ハルカが知るよりずっと頻繁に、ザカリアは怒りで目眩を起こすようだ。

濡れた手巾を持ってこさせて、額の上に載せてやるのもすばやい。絶妙な連係プレイだ。

ハルカが妙なことに感心していると、法王猊下がすっと音もなく動いた。

まるで、風がゆるやかに吹き抜けただけのような、気配を感じさせない仕種だ。

その法王猊下の動きが合図だったのだろうか。

気づけば、カイルもすっと祭壇の前へと進み出ていた。

「ハルカ、これを」

ふわりと、ハルカの黒髪になにか軽い風が吹いた。

カイルといっしょにやってきたらしいソフィアが、白いベールをハルカにかけていたのだ。

「私の結婚式のときのものなんだけど、よかったら使ってくれない？」

そう言われて初めて、法王猊下とカイルが祭壇に立った意味に気づいた。

これからここで、結婚式をはじめようというのだ。しかも法王猊下が式の進行を執り仕切る形で、だ。

いいのだろうかと、ちらりと唸《うな》っているザカリアに目を向けたハルカの手に、母エミリアの手が触れる。

無言でうなずかれ、ハルカは前を向いた。

――いいんだわ……わたしがアレクと結婚しても……。

ようやくその事実が心に染み渡り、エミリアとソフィアに付き添いをされながら、祭壇の前に連れていかれる。

先にいたアレクシスから目で合図されて、ハルカもじわじわと実感が湧いてきた。

これは待ち望んでいた、ハルカとアレクシスの結婚式なのだ。

招待客もなく、ウェディングドレスもないが、場所は由緒正しきフロレンティアの大聖堂で、聖爵が三人もいる上に、法王猊下までいる。

父のダグラスがいないのは残念だが、アレクシスはきっと笑ってこう言うだろう。

「後日、セレスの聖殿で盛大な披露宴をやればいい。キミの父上も駆けつけてくれるよ」

そんな言葉が簡単に想像できるくらいには、アレクシスをわかってきた。

だから、今日という日を迎えられたのだ。

――だって、アレクはいつも、わたしのことを考えてくれていたから。

祖父やグレイグ伯爵との決定的な違いはそこだ。

アレクシスだって強引に物事を進めるようなところがあるけれど、ハルカがどうしても譲れないところや、ひそかにこうなってくれたらいいなと思っているところでは、必ずハルカに意見を聞いて、その考えを尊重してくれた。

すぐに叶えられないときは、その理由をはっきり教えてくれた。

そういうアレクシスだから、ハルカは好きになったのだ。

いまはもう、はっきりと自分の気持ちをわかっている。だから、ハルカは白い薄布のベールを気恥ずかしく思いながらも、頬を染めて、アレクシスの差し出す手をとった。

「こういう結婚式も駆け落ちめいていて、逆に新鮮なものだね」

「やだ、アレクシスったら……駆け落ちだなんて……そうね。駆け落ちという手もあったのよね」

ハルカは真顔になって、いまさらながら気づいた。

母こそよく父と駆け落ちして行方不明にならなかったと思うが、ハルカだってそうだ。あるいは、聖エルモ女学院に長年預けられていたのは、駆け落ち防止策を兼ねていたのではないかとさえ思えた。

なぜなら、絶海の孤島にある女だけの空間では、駆け落ちしたいと思える男性と出会うことが難しいからだ。

その点では、祝祭に招いてくれたソフィアに感謝しないといけないだろう。

彼女からの招待状が、すべての発端だったのだから。

「田舎の鄙《ひな》びた聖殿での結婚ならともかく、仮にも大聖堂で式を挙げるというのに、駆け落ちはないだろう。駆け落ちは」

カイルがぼそりとあきれた声を出した。

こほん、と法王猊下も気まずそうな咳払《せきばら》いをする。

「では、アレクシス・ハント・ビュロウとハルカ・ローレシア・ラクロンドの結婚式をはじめます」

法王猊下がそう宣言すると、自分の左の袖から、鈴とリボンがついた小さめの聖杓を取り出し、その音をチリーンと大聖堂に響かせた。

「天は青く高く、地に花が咲き、世界は聖なる祝福に満ちる。聖獣レアンディオニスが翼を広げて降り立ったこの地で、また一組の愛し子《いとご》らが婚姻の誓いをご奏上申しあげます」

そう結婚式の祝詞である決まり文句を告げると、低く響きのいい声が抑揚をつけて響いた。

カイルの声だ。

その声に合わせるように、やわらかなテノールが重なる。

——この声……ええっ⁉　もしかして、法王猊下の声⁉　もしかして、カイルと法王猊下の聖典詠唱なの⁉

びっくりしたハルカはポカーンと口を開け、閉じることを忘れてしまった。

『――〝苦難の門をこそ、選んで飛びこまん〟

聖獣レアンディオニスはそう答えた。

美しい薔薇が大輪の花を咲かせるのも麦の穂が立派に実るのも、その陰に誰かの苦難があってこそ。

ただ運だけでは、いつまでも庭は美しくあらず、豊かな実りを得られない。

美しい薔薇を苦難の果てに手に入れるからこそ、その美しさを誰かと愛《め》でたいのが、ひとというものだ。

〝さあ、隣を見なさい。苦難の門をいっしょにくぐり抜けたそのひとこそ、おまえとともに歩んでくれるひとだ〟』

法王猊下は聖獣レアンディオニスの言葉を謳いながら、ハルカに向かって微笑んでいた。

――ああ、そうなんだわ。これは……法王猊下からの餞《はなむけ》の言葉なのね……。

アレクシスがいつから気づいていたのかわからないが、その時点で、彼はやめることもできたはずだ。

赤の聖爵として白の聖爵ザカリアと面識がある彼は、ザカリアが厳格な性格だと知っていたはずだ。

ハルカがザカリアの孫娘だと知ったとたん、面倒を避けるために、アレクシスが別れを切り出す可能性は高かった。

――でも、アレクシスはそうしなかった。子どもができたと言ったときも、よろこんでくれて……。

すぐにハルカの実家へ挨拶に行こうとまで言ってくれたのだ。

法王猊下とカイルの美しい和声の最後の響きが消えるころには、大聖堂の広大な空間は、すっかり聖典詠唱の空気に塗り替えられていた。

ここで聖典詠唱を挟んだ法王猊下の采配のおかげだ。

ザカリアのお付きの司祭たちでさえ、思わずといった態で拍手をしていたのだ。

結婚式を邪魔しようとするものは、この厳かな空気に逆らうことになるが、それはそのまま法王猊下や聖獣レアンディオニスに仇《あだ》なすことになる。

いまの聖典詠唱は、この大聖堂にそんな空気を創りだすほどの魔力があったのだ。

「さぁ、誓いの言葉を。赤の聖爵アレクシス・ハント・ビュロウ」

法王猊下は鈴とリボンがついた聖杓を振り、鈴の音とともに促した。

そのとたん、アレクシスは握っていたハルカの手を放し、祭壇に開かれた聖典に手を置く。

誓いを立てるときの仕種だ。

「私、アレクシス・ハント・ビュロウはハルカ・ローレシア・ラクロンドを妻とし、ともに歩き、ともに支え合うことをここに誓います。たとえ空が落ち、地が割れ、海が涸《か》れようとも、この誓い破らるることなし――互いに息絶えるその日まで」

さすがは聖爵。その面目躍如といったところだろうか。

アレクシスは綺麗な声で謳うように誓いを奏上する。

「では、ハルカ・ローレシア・ラクロンド。誓いの言葉を」

そう言われて、ハルカもアレクシスに倣《なら》い、聖典に手を置いた。

しかし、聖典はさきほど法王猊下とカイルが謳った苦難の門の場面が開かれているだけで、誓いの言葉が書いてあるわけではない。

練習もなく、突然結婚式の本番に放りこまれたハルカには、難易度が高すぎないだろうか。

「わ、わたし……ハルカ・ローレシア・ラクロンドは、アレクシス・ハント・ビュロウを夫とし……」

ここまではいい。そんなに難しくない。

「と、ともに歩き、ともに支え合うことを……ここに誓います」

辿々《たどたど》しくもどうにか続きを思い出して言葉を続けていると、囁き声が聞こえた。

アレクシスが正面を向いたまま、誓いの言葉を先に口にして、ハルカを導いてくれているのだった。

「たとえ空が落ち」

「たとえ空が落ち……」

「地が割れ、海が涸れようとも」

「地が割れ、海が涸れようとも……この誓い破らるることなし——互いに息絶えるその日まで」

アレクシスの助けで落ち着いてきたのもあるが、最後の言葉はさすがに覚えていた。

「——では、誓いのキスを」

法王猊下が告げ、目の前にいるハルカとアレクシスに合図するにしては、やけに大仰に手を上げる。

そういうものなのかと思ううちに、ベールを上げられ、アレクシスのキスが降ってくのを待った。

「ん……」

これで結婚の誓いを立ててしまった。ただ、結婚するだけじゃない。

お腹にいる子どもをいっしょに育てていくのだと思うと、不安もたくさん湧き起こってくる。

そんなことを考えていた次の瞬間、ハルカの気持ちを晴れやかに塗り替えるように、カラーンカラーンと高らかな鐘の音が響いた。

「あ……」

驚きとともに、法王猊下の顔を見てしまった。

さっきの仕種の意味がようやくわかった。

本来の結婚式では、誓いのキスに合わせて鐘を鳴らすように、綿密な打ち合わせがしてある。式の祭祀《さいし》を務める司祭が時計を見ながら進行し、鐘の打ち手は時間通りに鳴らすのだ。

手動だから、当然のように、鐘が先に鳴ってしまうこともあるし、キスをさせたものの、なかなか鳴らないと言う失敗談も数多くある。

しかし、いまは法王猊下の合図を見て、お付きの者が次々に鐘楼にいるものに伝えたらしい。

突然の素敵な演出に、ハルカは目頭が熱くなるのを感じた。

アレクシスの唇が離れても、まだ鐘の音の余韻が残っている。心をうれしいほうに揺さぶる音の名残だ。

「法王猊下……ありがとうございます」

鼻声になりそうなのをどうにか堪えて言うと、法王猊下が手にしていた聖杓を鳴らした。

「誓約は謳われ、聖獣レアンディオニスに届き、誓いは成された――アレクシス・ハント・ビュロウとハルカ・ローレシア・ラクロンドに結婚の秘跡を授け、ここに、ふたりの婚姻を認めます」

パチパチといち早く手を叩いてくれたのは、ソフィアだ。エミリアはハルカと同じように泣きそうになっていたけれど、続いて手を叩いてくれた。

今日結婚式を挙げるなんて思っていなかっただけに、なんだかなにもかもが夢のようだ。

なのに、この晴れやかな日を、ハルカはこれから先ずっと忘れることはないのだと思った。

「ではみなさま、本日は私の結婚式のためにお集まりくださり、ありがとうございました」

アレクシスはそう言うと、ハルカをすばやく腕に抱きあげた。

ロマンス小説などでは『お姫さま抱っこ』などと呼ばれている抱き方だ。

「後日、我がフロレンティアの聖殿で皆様方をお招きして披露宴を開かせていただきますが、今日のところは式だけで散会とさせていただくことをお許しください」

「うむ。許そう。私が行くときはご馳走《ちそう》と、カイルとおまえの聖典詠唱とやらでもてなすことを期待している。なにやら、やたらと賞賛の言葉を聞かされるのに、私だけ見ていないのも癪《しゃく》だからな」

法王猊下はそんなふうに言って笑う。

確かにあれは素敵だったとハルカも思う。法王猊下とカイルの声のハーモニーもよかったが、アレクシスの透明な声とカイルの朗々とした声の相性のよさは格別だった。

――あれがまた聞けるなんて……！　どうしよう。とても楽しみになってきたわ……。

アレクシスの腕のなかで、ハルカは思わず含み笑いを漏らしてしまった。

ソフィアだけが理解したとでも言わんばかりに拳を握る合図をよこしていた。

「承知いたしました。法王猊下――では、これにて失礼いたします」

そう言うと、アレクシスはハルカを腕に抱いたまま、緋毛氈の上を歩き出した。

　ザカリアは式の間ずっと、打ちひしがれた顔をしたまま、招待席の一番前に座っていたが、いつのまにか、グレイグ伯爵の姿はなくなっていた。

「ごめんなさい。お祖父さま……でも、わたし……しあわせになるわ。子どもを連れて遊びに来ますから、そのときは監禁はご勘弁くださいね！」

　アレクシスに抱かれたまま、ハルカが叫ぶと、それは了承の証なのだろうか。

　ザカリアはとっとといなくなれとばかりに、追い払うような仕種を見せた。

# 第七章　もう一度、愛していると言って

アレクシスと初めて会ったのは春の祝祭で、いまはもう夏も終わりに近づいている。

車窓の風景も、萌《も》えいずる緑が色濃い青緑に変わり、牧草地帯では牛や羊が草の海に群れていた。

一等客室の窓際には、ゆったりとしたボックス席が備え付けられており、ハルカとアレクシスはそこに座っていた。

しかし、ちゃんと席に着いていたのはわずかな間だけで、いまハルカの唇はアレクシスに奪われ、苦しそうに喘いでいた。

「んっ、んんぅ……待って、アレク。まだわたし、話が……ンンぅっ」

ハルカは唇を奪われた隙を縫って、アレクシスの腕のなかで藻掻《もが》く。

一等客車の特別室だ。

誰かが見ているわけではないが、汽車のなかでキスをするのは、どうも落ち着かない心地にさせられる。

それでなくとも、ハルカはアレクシスに尋ねたいことがあった。

なのに、汽車が動き出すなりアレクシスがハルカの隣にぴったりとくっついてしまい、会話をするどころじゃなくなってしまった。

「話ってなんだ？　結婚したばかりなのに、もう別れ話をしようと言うなら、断固として拒否するぞ」

ハルカに顔を寄せたまま、華やかな美貌が意地悪そうに笑う。この近すぎる距離がどうにも心臓に悪い。

「そ、そんなことを言うわけがありませんっ！　そうじゃなくって、その、アレクは……知っていたんでしょう？」

なにをとは、あえて言わなかった。

もったいつけた問いかけだったが、そう聞くのがふさわしい気がしたのだ。

ガタンガタンと、汽車が揺れるたびにアレクシスの長い後ろ髪が揺れる。

ハルカに覆い被さるように、背もたれに手を突いたアレクシスの背後で、車窓の景色が勢いよく流れていた。

ハルカがばつの悪そうな顔で答えを待っていると、アレクシスが優雅なしたり顔をしたから、多分、間違っていなかった。

傲然と口角を上げた顔は、王者の微笑みだ。

アレクシスは聖職者然としていることは少なくて、為政者らしい顔を見せることが多い。

同じ聖爵でも、ソフィアの旦那さまである青の聖爵カイルは、まだ佇まいからして禁欲的なのだが、華やかなアレクシスには、禁欲的という言葉がほど遠いのだった。

「あの男が、キミを『ラクロンド家のご令嬢』と呼んだのが聞こえたからな。それにキミ、結婚契約書にもちゃんと『ハルカ・ローレシア・ラクロンド』と名前を書いていたぞ」

「あ……そういえば、そうでした……」

迂闊と言えば迂闊だったが、あのときハルカはアレクシスの提案を半ば冗談だと思っていたのだ。

しかも、ソフィアやカイルは元からハルカの実家のことを知っている間柄だし、アレクシスからは、どこの家のものかと問われなかった。

それで、自分が名前を書いたことは意識に残っていなかったのだ。

ただし、姓だけなら、ラクロンド地方の親戚はみな同じ名前を使っている。

まったくの同姓同名はいないだろうが、ハルカが誰の娘かを特定するには、判断材料が足らないはずだった。

「わたしはてっきり、ソフィアから聞いたんだと思っていました……」

友だちが裏切ったとは思わなかったが、契約書の署名のことを忘れていたハルカには、ほかに考えようがなかったのだ。しかし、違うことがわかったいま、アレクシスの言葉に少しだけほっとしている自分がいた。

「ソフィア？　ああ、あの強情な娘に聞いても無駄だろうと思ったから、勝手に調べさせてもらった。どちらにしても、ラクロンド家だとわかっていれば、調べるほどのことでもなかったがな」

アレクシスの迷いのない声は、その内容が正しいかどうかをハルカに問い質しているわけではない。完全に確信を持って話されていた。

「ラクロンド家といえば、祖父《じい》さんの家だ。おっと、失礼。キミを嫁にもらったばかりなのに、これからは祖父さんはまずいか……」

気易《きやす》い呼び方は、アレクシスの性格のなせるものなのだろうか。あるいは、ザカリアは認めないだろうが、案外ふたりは親しいのかもしれない。

祖父を『祖父さん』などと、気軽に呼ぶ人をハルカはこれまで見たことがなかったからだ。

同じ聖爵だからこそ、アレクシスは畏れることなく、そう口にできるし、ザカリアとは、気易く呼ぶ間柄だと思っていたということだろう。

「まぁいいか」

急に呼び方を変えることは難しいと判断したのか、アレクシスはひとまずその問題を棚上げすることにしたらしい。本来の話題に話を戻した。

「白の聖爵――ザカリア・ウェイツ・ラクロンド。その孫娘ハルカ・ローレシア・ラクロンド」

アレクシスは絡まった物事を整理するかのように、ハルカがこれまで告げられなかったことを口にする。

「キミの母親は白の祖父さんの一人娘。婿に入った男――つまりキミの父親は、聖職者の資格を持たない。ここまではいいかい?」

「ええ……合っているわ」

こんなふうに物事を確認していると、まるで裁判にかけられた被告人にでもなった気分だ。

普段はまったく、聖爵らしからぬアレクシスだけれど、話し方や考え方はやっぱり聖爵なのだ。

いまさらながら、その事実にハルカは気づいた。

「アレク……ごめんなさい。わたし、祖父のことをわざと黙ってたの……アレクが知ったら、契約をなかったことにするかと思って」

「そうか」

ラクロンド家の令嬢という肩書きはいつもハルカを縛っていた。

その肩書きさえなければ、自分にも相手を自由に選べるはずだと思ったのに、秘密を持ったことで、ハルカの心はむしろその秘密に囚われてしまった。

祖父の言いつけを破り、祖父が絶対に認めないであろうアレクシスとの情事に耽る。

その背徳にハルカは溺れていたし、溺れれば溺れるほど、秘密は棘《とげ》を持つ蔓《つる》を伸ばし、ハルカの心を搦《から》め捕っていった。

告解室でアレクシスに抱かれているとき、ハルカは壁や椅子に描かれた茨の蔓が唐突に蠢き、ハルカの足を搦め捕り、息をする自由さえ奪っていく。そんな錯覚に陥ってもいた。

ハルカのそんな息苦しさを知ってか知らずか、アレクシスはなんの気ないように言う。

「確かに知っていたよ。キミが白の聖爵の一人娘の一人娘だということは」

いま窓を開けたら、さぁっと風が吹きこんで、悩むハルカの髪を乱していくだろう。

そんな軽い調子の物言いだった。

──『一人娘の一人娘』。

その言葉がやけに重たくハルカの耳に響く。

聖爵は世襲制ではないが、前任の聖爵に問題がなければ、漠然と世襲で続いている。

ただし、その世襲は男児に限られていたのだ。

「白の聖爵は、遠縁の聖職者とキミを結婚させて、白の聖爵位を継がせたがっている。おおむね、そんな話があったんだろう?」

肩を竦めたアレクシスは、ハルカの人生最大の問題を、やけに軽い調子でまとめてしまう。

しかし、ハルカにしてみれば、人生のすべてを左右する重大問題だった。

いつだってハルカには『ラクロンド家』と『白の聖爵の孫娘』という肩書きがつきまとい、

ハルカを縛《いまし》めていた。

その縛めが強かった分だけ、アレクシスとの情事が蜜のように甘く感じられていたのだ。

告解室での情事で聖殿を汚し、背徳のよろこびに浸っていたけれど、それがなんの解決にならないことをハルカは知っていた。

知っていても、アレクシスに切り出す勇気が持てなかった。

そこから抜け出す勇気をくれたのは、お腹に宿っているはずの小さな命だ。

——このままではいけない。

まだ母親になる実感はなかったが、最悪、アレクシスとも祖父とも関係を絶ってでも、この子を育てなければ……そんなふうに考えるようになった。

いまもそうだ。お腹を手で軽くさするだけで、少しずつ勇気が湧いてくる気がする。

「わたし、お祖父さまが、わたしとアレクのことを認めてくださらないって知ってて……黙ってたの。だって、アレクと……わ、別れたくなくて……」

口にしながら、そういえば、このことを伝えるのは初めてだと気づいた。

かぁっと頬に熱が集まり、なんてことを口にしたのだろうとすぐに後悔してしまう。

「別れたくない……ってことは、ハルカは私を愛していると、そういう意味かい？」

アレクシスの声はずいぶんと意外そうだった。

そういえば、アレクシスはどうだっただろうか。

はたと気づいて、記憶をさらう。しかし、

——ない……ないわ。好きだとか愛しているとか、それらしいことを言われたことが、一切ない……。

体の関係からはじまった条件付きの結婚だったのだから、気持ちは二の次だったのかもしれない。しかし、自分は好きだと自覚した上で気づくと、その衝撃は、ザカリアから強硬な反対を受けた以上の破壊力だった。

——どうしよう。でも、もう結婚してしまったんだし……アレクとは、わたし、絶対に別れないわ。別れないんだから。

目の前が真っ暗になったような心地がして、ハルカはずるずると背もたれに体を預けた。

アレクシスに覆い被さるようにされているせいで、衝撃を耐えるために、横になることもできないからだ。

「あの……アレク」

「うん？　なんだ」

アレクシスは気軽な調子で答える。いつもいつも、彼はそうだ。

ハルカとしては深刻な話をしているつもりでいるのに、アレクシスにしてみれば、ちょっとした時候の挨拶と変わりないように答えてくる。

なにを話そうとしてもそんな調子だから、次第にハルカは自分だけが緊張して話しているのが馬鹿らしくなってくることがある。

でも、いまは彼の自然体に少しだけ救われていた。

いまだけじゃない。アレクシスの軽やかさはいつもハルカにとって、新鮮な驚きに満ちていて、その驚きを知るたびに心が軽くなっていたのだ。

——大丈夫。べ、別に好きだと言われなくても、捨てられるわけじゃないんだから。

渇いたのどに、ごくんと生唾を呑みこむと、大丈夫だよとでも言うように、アレクシスの指先がハルカの頬を撫でた。

「キミがなにを考えているか、当ててみせようか」

「え？　な、なにって……わ、わたし、なにも考えてないわよ？」

どきりとした。

アレクシスは余裕たっぷりの微笑みを浮かべて、またハルカの髪を掻きあげた。

悠然としたアレクシスの微笑みは危険だ。

艶やかで魅惑的で、ついなにもかも許してしまいそうになる。

人をたらしこむ、魔王のような微笑みだと思う。

——だからなんだわ、きっと。カイルも法王猊下も……この微笑みに騙されたに違いないわ。

ハルカは頬がかつてないほど熱くなるのを感じながら、それでも考えを悟られませんようにと祈っていた。

「わ、わたしは別に、アレクのことなんて好きじゃないんだから！　本当なんだから！」

そう言いながら、顔は熟《う》れた林檎のように真っ赤になっている。

言葉よりも雄弁にその態度が愛を伝えているとは、ハルカに気づく余裕はない。

「へぇ、そうなんだ。ハルカは私のことなんて好きじゃないんだ……」

「んっ、そ、そうよ……だってアレクとはただの契約結婚で……や、耳、くすぐった……ふぁんっ……」

アレクシスはハルカの頭を抱えて、耳元に囁きながらキスをする。

ちゅっ、ちゅっ、と何度で耳元で聞こえるバードキスが、まるで『愛してる』と繰り返し囁いているように聞こえた。気のせいだとわかっていても、心臓に悪い。

そのばくばくと言っている心臓の上に、アレクシスの手が触れるからなおさらだ。

「ちょっ……アレク！　ダメ……ここは、汽車のなかなのよ⁉」

邪《よこしま》な気配を察知して、ハルカは抗うように身を捩《よじ》った。

しかし、嫌がっていると言っても顔は真っ赤だし、抵抗する力は弱い。むしろ、誘っているようにしか見えないことを本人だけが気づいていない。

「かわいいハルカ、愛してるよ。今日からキミは私のかわいい新妻だ」

ちゅっとまた頬に口付けられて、そんな言葉を囁かれた。

「え？　ええ……あ、愛してるって……嘘。嘘でしょう？」

信じられない。

多分、これはアレクシスのいつもの手なのだ。真剣に受けとったが最後、またからかわれて、そのことを種に盛大に喘がされるに違いない。

そんなふうに警戒したのを見透かされたのだろうか。

アレクシスはふ、と微笑んでやけに真摯な声で言葉を重ねた。

「本当だとも。実を言えば、キミのことがずっと気になっていたんだ、私は。でも、いっしょにいるうちに、ますます好きになった」

「……は？　ええっ⁉　ええっ⁉　い、いつのこと？　聖殿で会ったときから？」

なにを言われているか、さっぱりわからない。

なのに、ハルカが軽い混乱状態に陥っているのさえ、アレクシスは楽しいらしい。悠然とした笑みを浮かべて、視線を外そうともしない。

その熱を帯びた視線はキスの合図だ。

ハルカが最初に知った、アレクシスの目線の意味だった。

「……んん——アレ、ク……ンぅ」

唇を押しつけるように触れられ、一度離れてまた触れられる。

いつの間にか舌先が唇を割って入り、口腔を蹂躙《じゅうりん》されていた。

アレクシスの舌がハルカの舌を搦め捕り、唾液を混じり合わせながら蠢くと、ぞくぞくと体が震えてしまう。

　侵されているのは口腔なのに、頭の芯は甘く痺れて思考は働かないし、腰の奥が熱く疼いて仕方なかった。

　口付けのあとで、体に触れられるともうダメなのだ。

　そこから先の行為を、勝手に体が期待してしまい、欲望を昂ぶらせてしまう。しかも、

「や、あ……アレク、ダメ……ちょっ……なにして……ひゃぁっ！」

　あろうことか、アレクシスは唇を離したかと思うと、ハルカのスカートをペチコートごと捲りあげて、ズロースのなかに指を伸ばしてきた。

　アレクシスの長い指が割れ目を辿ると、下肢の狭間はすでに濡れていた。

　粘ついた液を潤滑油に指が蠢くと、絶妙な快楽が湧き起こる。びくんびくんと腰が揺れてしまう。

「ふぁ……やぁ、あぁんっ……！」

「ハルカのここは、もうこんなに濡れているじゃないか……嘘吐《うそつ》きにはお仕置きだ」

　アレクシスはそんなふうに言って、引き抜いた指をぺろりと自分の舌で舐めた。ハルカの愛液に塗れた指を、だ。

　そんなものを舐めないでほしいと思ったが、あまりにも妖艶な仕種に、むしろ、ぞくぞくと性感が呼び覚まされた気さえした。

まだろくに触れられていないのに、ハルカの息は勝手に乱れてしまう。

ぷち、ぷちとボタンを外され、前をはだけられても、今度は抵抗できなかった。

こういうときのアレクシスに逆らっても無駄だとわかるようになっていたし、ハルカ自身、このまま止められても困る。もっと触れてほしい。アレクシスの指が自分の肌を滑るのをもっと見たくて仕方がなかったのだ。

「アレク……でも、外から、見えてしまう、かも……あぁんっ」

アレクシスの器用な指先は、コルセットの紐をあっというまにゆるめて、ハルカの胸を露わにしていた。

双丘の先端はすでに硬く起ちあがっていて、アレクシスが舌を伸ばして飴玉《あめだま》のように転がすと、ハルカはびくんと身を震わせた。

「大丈夫。見えないように、背を向けていれば気にならないよ」

アレクシスはそう言うと、ハルカを膝に乗せ、体を重ねるようにして胸を揉みしだく。

いつになく彼の指が荒々しく双丘に食いこみ、痛いくらいだ。なのにいまは、そんな荒々しさにさえ刺激を感じて、官能を昂ぶらされてしまう。

ときおり、きゅっと胸の先の括れを抓《つま》まれると、アレクシスの膝から落ちてしまいそうなほど、乱れた服装の体がびくびくと跳ねた。

「本当？　で、でも……車掌が見に来るかも、しれないわ……」

一等客車といえど、切符を確認しに来ることはある。ハルカは何度も経験して知っているのだ。

「じゃあ、そんな車掌はクビにしよう。聖爵の楽しみを邪魔した男として、死刑にすべきかな?」

そんな冗談めいたことは口にして、アレクシスはハルカのズロースの腰紐を解き、床に落としてしまった。

「あまり服を乱さないようにする……我が新妻のお願いだからな」

「んっ、だって……だって、ここは寝室でも告解室でもないんだから……ふぁ」

正確に言えば、すぐそばにベッドはあるのだ。

特等室はベッドがふたつと、応接セットがついており、そちらでゆったりと会話することもできる。

ハルカが窓の外が見たいと言ったから、隅にあるボックス席に座っていただけで。

アレクシスがもったいぶった手つきで胸の先を抓み、気まぐれに刺激するたびに、ぞくぞくした快楽が背筋を走る。

まるで弄ばれているみたいだ。

なのに、ハルカはこの手に逆らえないのだから、始末が悪い。

「アレク……あまり、胸の先、激しくしない、で……声が、我慢できない、の……ひゃ、あぁんっ」

言っているそばからこれだ。

アレクシスの片方の指が下肢の狭間に伸びて、くちゅりという濡れた感触とともに、割れ目を蠢いた。

「あっ、やぁ……だから、ダメって……あぁんっ、言ってる、のに……は、ぁ……」

子どもだってお腹にいるのに、危険なことになったらどうしてくれよう。

そう思うのに、それ以上に早く快楽が欲しくて、自然と腰が揺れてしまっていた。

汽車のなかという公共の場所で感じているのか、あるいは、振動が快楽を増す刺激になってしまっているのか。

どちらが正解かはわからなかったが、ハルカの鼻にかかった声は、いつになく強請るような響きを帯びていた。

「んっ、ハルカ……駅に着く前にイかないと、我慢できないって顔をしてる」

「か、顔はいま見えないでしょう。もぅ……アレクってなんでそう、口先から出任せを言うの……？」

言い当てられて、ハルカは逆上するように言い返してしまった。

でも間違っていない。ハルカを抱っこしているアレクシスに見えているのは、頭だけのはずなのだ。

なのに、ハルカの口答えの言質をとろうと言うのだろうか。

アレクシスはハルカの腋窩に手を差しいれ、抱きあげたかと思うと、さっと反転させて、ハルカをアレクシスのふくらはぎに跨《また》がらせるように抱え直した。

急に顔を突きあわせる格好になり、ハルカは慌てて胸を隠した。

さっきまで好きに触れられていていまさらだが、窓から射しこむ陽光に照らされた胸を見られるのは、恥ずかしかったのだ。

「ほら、やっぱり我慢できないっていう顔をしているじゃないか」

アレクシスは勝ち誇ったように言う。

勝ち負けの問題ではないのだが、今度はハルカが苦情を言う暇はなかった。

いつのまにトラウザーズの前を寛げていたのか。ハルカのスカートに隠すようにして、アレクシスの肉槍が淫唇に挿し入れられたからだ。

ハルカがアレクシスに跨《また》がる格好で、反り返った屹立に穿たれると、ずくんと鋭い快楽が子宮の奥で疼いた。たまらずに腰が揺れて、びくびくと身が震える。

「あぁんっ……や、ぁん、揺れちゃう……あっ、あっ……あぁん——……ッ！」

湧き起こる快楽に鼻にかかった嬌声が零れた。

初めてのときは肉槍を受け入れるのがあんなに大変だったのに、まるで嘘のようだ。

濡れそぼった蜜壺はすっかりとアレクシスの肉槍の形を覚えてしまったようで、痛みはなく、

硬い屹立を奥へ奥へと導いてさえいた。

「あぁっ、は、ぁ……アレク……アレクぅ……」

体の奥深くに入れられただけなのに、動く前から振動のせいで、性感帯をずっと刺激してしまっている。

ハルカは鼻にかかった声で、アレクシスの名を繰り返し呼んだ。

肉槍の引っかかりが膣壁の感じるところを掠めるたびに、ぞくんぞくんと震えあがるような愉悦が沸き起こり、これ以上、我慢できそうになかったのだ。

「さっきまで、ダメって言っていたんじゃなかったかな、ハルカは」

アレクシスはハルカの腰をゆるく持ちあげて、また落とすように奥を突きあげながら、そんなことを言う。

ひどい意地悪だ。なのに、その魔王のように意地悪な人がハルカは好きなのだ。

恨みがましい目でアレクシスを睨むと、彼はその視線を受け流すように、ちゅっと唇に軽いキスを落とした。

「嘘、だよ。ハルカ……そんな誘うような目で見られると、私も我慢できない……」

「ひゃ、あぁんっ、あっ、あっ……！」

ハルカの体を抱きかかえるようにして、アレクシスが腰を動かすと、ずっと感じさせられていた体は、たちまち快楽を貪って、激しく熱を上げた。

体の内側でぞくぞくと官能の火が燃えあがるにつれて、アレクシスの動きも激しくなる。愉悦が体を蹂躙するたびに、目の奥で星が弾けた。意識が吹き飛びそうだった。

「アレク……アレク、お願い……もう一回……あぁんっ……あぁっ」

ハルカはアレクシスの首に抱きついたまま、快楽に蕩けた頭で声を出した。

ともすれば、嬌声だけを繰り返しそうになるから、ほんのわずかな言葉でも、口にするのは大変だった。

「もう一回、なに?」

わざとらしい声で問いかけておきながら、アレクシスはぐりぐりと腰の奥を肉槍でかき回す。そこがハルカの感じるところだとわかってやっているのだ。

びくんびくんと体が跳ねて、合わせるように双丘も揺れた。

アレクシスはほとんど身なりを乱してなかったから、乳頭が服に擦れるのさえ、感じてしまう。正直に言えば辛い。

「あぁんっ、もぉ……アレク……お願い……あ、愛してるって……あぁんっ、言って……ほしい……」

ハルカのことを好きだったというアレクシスの言葉が、本当かどうかはわからない。

けれども、もう一度だけ聞きたかった。体を繋げているこのときにこそ、なおさら。

意識が吹き飛びそうなほどの快楽が沸き起こり、絶頂の波が昂ぶるのを感じる。ぶるりと、ハルカは身震いをして体を起こすと、アレクシスと目を合わせた。

こんな情事のさなかでも、アレクシスの美貌は変わりない。

整った高い鼻梁《びりょう》に、少し垂れた目。明るい茶髪が外の光を受けてキラキラと輝いている。いつもハルカを簡単に堕落させる唇は、わずかに微笑みを浮かべていた。その唇が動いて、

「愛してるよ、ハルカ。さぁ、お腹の子といっしょにしあわせになろうか」

アレクシスはそう言うと、ハルカの唇に唇を重ねた。

びくりと体のなかで肉槍が震え、熱い精が吐き出されたのを感じる。

「んっ、アレク……わたしも……わたしも、愛してる……わ……あぁんっ——……」

ハルカはどうにか答えを口にすると、恍惚とした快楽に意識を飛ばしてしまった。

汽車のなかでなんて、もう二度としない——そう思いながらも、ハルカはしあわせな気持ちで満たされていた。

# 第八章　旦那さまはスーパーダーリン!?

アレクシスとの結婚式から、あっというまに二年が経ち、ハルカは忙しい日々を過ごしていた。

いつも着ていた制服は肩に膨らみのあるドレスに代わり、重たいペチコートとスカートを揺らして、子どもを追いかけるのがハルカの日常になっている。

「ちょっと待って、ロイ！　そっちに行っちゃダメ！　わわっ、そのテーブルクロスを摑んだら危ない――――！」

ハルカが叫んだところで、子どもが言うことを聞くわけがない。しかも、小さい割りに幼児の動きは案外すばやい。

テーブルの上に置かれたカトラリが、子どもの柔らかい肌に落ちた瞬間を想像して、ハルカは思わず目を瞑ってしまった。

ガシャーンという墜落音に身構えて、身を縮める。なのに、いつまでたってもそんな音は聞こえず、代わりに、のんびりした声が聞こえてきた。

「ほら、ロイ。やんちゃなやつだな。お母さまが困っているじゃないか。好奇心旺盛も結構だが、いまのはだいぶ危なかったぞ？」

さっと子どもを抱きあげて、「めーっ」と軽く叱りつけているのはアレクシスだ。

危険な想像をしたすぐあとなので、仲のいい父子の姿を見て、ハルカは一気に体の力が抜けた。

「聖爵猊下、申し訳ございません！　お坊ちゃまをどうぞこちらへ」

ハルカの手伝いに気をとられ、ロイから目を離してしまった乳母が、慌てて子どもを引き受けようと手を伸ばした。

一歳半になるロイは成長が早く、ハイハイをしていたかと思うとあっというまに伝い歩きを覚えてしまった。

しかもその動きがまたすばやい。

子どもだからと油断していると、あっというまに遠くにハイハイして行ってしまう。

近い場所にいるだろうと捜しているうちに、遠くで危険なものを食べようとしたり、柵から落ちようとしているのが常だった。

ひとときも目を離していないつもりなのに、気がつくと目に見える範囲から消えている。

いつもそんな調子だから、ロイの面倒を見るのに気が抜けなくて、いつもハルカは疲労困憊《ひろうこんぱい》だった。乳母もそうだ。

ただでさえ、聖殿というのは古めかしい小道具がたくさんあり、子どもにとっては魅惑的で、そして危険な場所なのだ。

蠟燭《ろうそく》を立てる装飾付きの燭台は、尖ったところが多くて危ないし、詩編をまとめた聖典は大人でさえ持つのが大変なほど重たい。

幼児の上に落ちれば命の危険があるのだが、そういう危険なものほど、触りたがるので始末に負えない。

男の子というのが、こんなに大変だと思わなかった。

エネルギーがあり余っているのか、生まれたばかりの子どもだというのに、ハルカは振り回されっぱなしだ。

少し前までは、夜にロイにお乳をあげるためにずっと寝不足でいたし、突然、泣き出す意味がわからなくて困惑してばかりいた。

乳母にも助けてもらっているが、ハルカ自身の手で育てたくて、完全に任せっきりにはしていなかった。

しかもどういうわけか、乳母がいない夜に限って、ロイがぐずるのだ。

正直に言えば、ハルカは育児ノイローゼになりそうだった。

アレクシスと無事結婚し、フロレンティアの聖殿に戻ってから盛大な披露宴も開いた。

披露宴には、ちゃんとハルカの父親も参加してくれたし、お腹の膨らみが目立たないウェディングドレスも用意してもらい、ハルカは満足していた。

法王猊下もまた来てくださったが、さすがにザカリアは欠席だった。

祖父はハルカが婿をとって後を継いでくれないとわかると、すっかりと気落ちしてしまい、しばらく寝こんでしまったのだという。

ところが、ハルカが産んだのが男の子だとわかると、今度は手のひらを返したように、遊びに来るようになった。

「アレクシスはまだまだ若いのだから、最初に生まれた子をうちの跡取りに寄越《よこ》せ！」

「祖父《じい》さん、ご冗談を。ロイはうちの跡取り息子です。フロレンティアになんかやりませんとも……なぁ、ロイ？　ロイは祖父さんのところには行かないのだよな？」

ロイを欲しがってやってくるザカリアを前に、アレクシスはまるで嫌がらせのように、ロイの頬にちゅっちゅっとキスしてみせる。

ロイもアレクシスにキスされるのは嫌じゃないようで、それをきゃっきゃとよろこぶから、なおさらザカリアは面白くないようだ。

むぅっとした顔をして、次はどんな手を使って、ロイを甘やかそうかと頭を巡らせている。

まだ複雑な玩具は遊べないのに、次のときもまた、大量の玩具を手にして遊びに来るのだろう。

一時期はぼんやりしていることが多かったのに、ロイのことでアレクシスとやりとりするうちにまた元気を取り戻してきたらしい。

母のエミリアからそんな話を聞かされると、アレクシスはあえてザカリアを煽《あお》っているのかもしれないとすら思う。

少々わかりにくいが、アレクシスはアレクシスなりに、ザカリアのことを心配していた。

アレクシスは、華やかな相貌と為政者らしい威圧感を持ちながらも、そのぱっと見の印象よりも、細やかな気遣いを見せることがあるのだ。


——まだハルカがロイの世話に慣れないころのことだ。

ハルカは自分だけではロイの世話ができないくせに、妙な意地を張って乳母を帰してしまい、ひとりでやろうとすることがあった。

しかしそういうときに限って、予定外の事態が起きて、うまくいかなくなるのだ。そのときもそうだった。

「ロイ……泣きやんでよ……どうしたらいいの？　お腹はいっぱいでしょう？」

お乳をあげてしばらくは機嫌よさそうに見えたのに、突然、泣き出して、ハルカのほうが慌ててしまった。

ハルカ自身、寝不足が続いて疲れていたのかもしれない。

気づけば、泣き出すロイのそばで、ハルカも同じように泣いていた。

ぽろぽろぽろぽろと、涙が自然に溢れて止まらない。

どうしたらいいかまったくわからずに、途方に暮れる状態というのを、心底、理解した。

ロイが泣きやむためになにかしなくてはいけないのに、体が動かない。なにをしたらいいのかも、わからない。

完全にパニック状態に陥っていたが、それすらも自覚していなかった。

乳母を帰してしまったことを後悔していたが、もう遅い。

誰かを呼びにいくために、ロイから離れるか、ロイを抱いて一緒に探しにいくかという二択さえ、自分で決められなくなっていたのだ。

そこに、アレクシスが現れた。朝から聖教区内の別の聖殿に出かけていたから、仕事が終わって帰ってくるには早い時刻だ。なにかの用事を省略して帰ってきたに違いなかった。

アレクシスは気まぐれに仕事を短くすませることがあり、配下の司祭から注意してくれとハルカまで頼まれることもある。

しかしこのときは、アレクシスの気まぐれでハルカは救われた。

「どうかしたのか？　ん？　ハルカまで泣いて……」

アレクシスは泣いているロイをひょいと抱きあげると、手癖のように幼児の背中をぽんぽんと叩いた。すると、ロイは軽いげっぷをして、そのあとでぴたりと泣き止んでしまった。

「な、なんで？　わ、わたしだってちゃんと背中を叩いてあげたのに……なんでわたしの手ではダメだったの!?」

さっきお乳を飲ませたとき、あまりげっぷをしないなとは思っていた。

しかしちゃんと背中は叩いたし、強く叩いたときに吐き戻してしまったことがあり、そこで加減してしまったのだ。

しかし、アレクシスがあやすと、ロイはいつもご機嫌になってしまう。

長い時間、面倒を見ているのはハルカのほうなのに、ロイはアレクシスが大好きなのだ。

「ず、ずるい……なんでアレクばっかり……」

「えぇぇ……ずるいってことはないだろう？　だいたい、私は姉や妹の子どもの面倒も見たことがあるから……こんなのは慣れだよ、慣れ」

そんなふうに言って、アレクシスは右手にロイを抱いたまま、左手にハルカを抱き寄せた。

「そういえば、妹の子をあやして市都を歩いているときに、隠し子だと誤解されたことがあったな……姉さんと歩いているときは、恋人と間違われたし」

アレクシスの姉妹とは顔を合わせていたが、その誰もがアレクシスに負けず劣らず、美貌の持ち主だ。誤解されても仕方がないと納得してしまう。

――あ、でもそれってもしかして新聞に書かれていた……。

アレクシスが浮き名を流していたという報道の真実に、唐突に気づいてしまった。

アレクシスはひとりっ子のハルカとは違い、五人兄妹の二番目なのだ。上に姉がいる長男で、下にはふたりの妹とひとりの弟がいる。

おそらく、姉妹といっしょに歩いているところを誤解されて、新聞に書かれたのだろう。アレクシスが子どもを抱いていたのなら、なおさらだ。

——記事のすべてがそんな誤解だとは限らないけど……。

アレクシスを見ていると、ありそうな話だと思えた。

赤の聖爵は子どもの世話も手慣れていて、他人に甘えるのも上手だ。ひとりっ子のハルカとはなにもかもが違う。

ようするに、ハルカが苦手なこと全般は、アレクシスにとっては息をするように簡単なことのようだった。

思い出すといつも、釈然としない気持ちにさせられてしまう。アレクシスのことは愛しているのだが、それとこれとは別なのだ。

「アレクってば、やっぱりずるい……」

そんなふうに呟いてハルカが拗ねている間にもロイを抱きあげてあやしていた。パパに面倒を見てもらっているうちに、ロイはすっかりご機嫌になっている。

「あーあー」

ロイがそんなふうに呼ぶのは、アレクシスのことなのだ。

「んーなにかな？　ロイもママとお話ししたいのかな？」

「まーあー」

ロイが手を動かして、ハルカを呼ぶ。

さっきまでロイをあやして歩き回り、悲壮な気持ちになっていたのに、アレクシスが来たとたん、そんな気持ちはすっかりと吹き飛んでしまった。

ずるいとは思うけれど、アレクシスにハルカはいつも救われている。

「じゃあ、座って食事にしようか。ほら、ハルカも」

そんなふうにやさしく声をかけられると、逆らえなかった。

ロイにはまだお乳をあげているが、ミルクやお粥《かゆ》のような柔らかいものなら食べられる。

それで食卓について食事の真似事《まねごと》をするようになっているのだ。

「はい、ロイ。あーん」

お粥をスプーンにすくってロイの小さな口に運んでやると、口のなかに指を入れたりしながら、自分でどうにか食べる。

「ん、よくできました」

ハルカがそう言ってにっこり笑うと、ロイもきゃっきゃとよろこぶ。すると、それを見たアレクシスもうれしそうな顔になって、今度はお粥ではなく、肉入りパイを切り分ける。

「じゃあ、ハルカもあーんして」

フォークに載せたものをハルカに差し出して、アレクシスは、さもうれしそうに微笑んだ。食べろという意味だということはわかっている。

初めてアレクシスに「あーん」と食べさせあいっこをしたあとも、ハルカとアレクシスは何度もお互いに食べさせあいっこをした。

もう慣れているはずなのだが、いまだにハルカは固まってしまう。

人前でさせられるせいだろうか。キスをされたり抱き合ったりするのと比べると、食べさせ合うのが、いまだに一番、動揺してしまうのだ。

「う……ちょっと、アレクったら、なんでそんな対抗心を剥きだしにして、そういうことするの？」

「ほら、ハルカ。あーん。せっかくのパイが冷めるよ？」

ロイを間に挟んだハルカが真っ赤な顔をして困っているのに、これだ。

こういうところの推しの強さは、いつまでたっても代わりなくて、いつもいつも根負けさせられてしまう。

しかも、ロイが興味深そうに顔を上げて、

「あー」

とアレクシスが差し出すフォークに興味を示したら、もうダメだ。

さすがにアレクシスに食べさせてもらうのまで、ロイに譲るわけにいかない。

アレクシスがハルカをロイにとられないように対抗してくるように、ハルカもアレクシスをロイにとられたくないのだ。

仕方なく、パクリと肉パイを口に入れる。おいしい。ロイの世話を優先して忘れていたが、ハルカ自身、気づかないうちにお腹が空いていたのだ。

そう気づかされて、もっと食べたくなってしまった。

「おいしい？　ハルカ、もうひとかけら食べる？」

見透かしたような一言とともに、肉パイを載せたフォークが差し出される。その魅惑的な誘いを受けて、食べないわけにいかない。

ぱくり、とパイを口にすると、うまみがたっぷり詰まった肉汁が口腔いっぱいに広がる。おいしいのと耳の後ろが痛いのと。

満面に笑みを浮かべたアレクシスが満足そうな顔をしているのも含めて、しあわせの味に満たされてしまう。

「肉パイ……おいしい……」

「だろう?」

比喩でなく、本当にほっぺたが落ちるような気がして、ハルカは思わず両手で頬を押さえた。

すると、ハルカとアレクシスだけが食べさせあいっこをしているのが気にくわなかったらしい。

間に挟んだ小さな王さまが、拗《す》ねた声をあげて割って入ってきた。

「あーあー」

「んーロイには肉パイはまだ早いから、こっちのお粥を食べようねー」

手を振りあげて注目を集めようとするロイをあやして、今度はアレクシスがスプーンを手にして、ロイにお粥を食べさせた。

聖爵という高い身分にあるくせに、アレクシスは子どもの面倒をまったく厭《いと》わない。おむつの取り替えやミルクをあげるのだって、ハルカより手際よくロイの面倒を見ているし、母親としては嫉妬したくなるくらいだ。助かっているのだから、大きな声で苦情は言えないのだけれど。

ロイの無尽蔵の体力にハルカのほうが参ってしまうときには、アレクシスが助けてくれていた。

日中、高い高いをしたり、伝い歩きにつきあってやったりして、ロイを疲れさせると、夜よく寝てくれて、ハルカとしてはとても助かる。

あまりにもハルカが疲れていそうなときは、乳母に頼んでふたりだけの時間を作ってくれることも忘れない。

「アレクって、本当にスーパーダーリンなんだから……！」

顔もよくて、性格は少々問題のあるところもあるが、総合すれば、やっぱりいいところが多い。

聖爵だから身分もお金も持っているし、その上、子どもの面倒を見るのが上手いだなんて。これを非の打ちどころがないと言わずして、なんと言おうか。

自室に戻ってきたハルカは長椅子でお茶をいただいて、ほっと一息吐いた。

もともと、アレクシスの部屋だったところを夫婦の部屋にしているのだが、この部屋は吹き抜けがあるメゾネットタイプになっている。

セント・カルネアデスの聖殿でアレクシスが使っていた客室とよく似た作りだ。

なんのことはない。セント・カルネアデスの客室は、改築するときにアレクシスの提案で作られたため、自分の好きなように作ったのだという。

吹き抜けのある部屋は開放感があっていいし、装飾が施された手摺《てす》りが、ぐるりと弧を描いて二階へ向かう階段も素敵だ。

しかし、幼児には危険なものが多い。

そのため、ロイと過ごすための部屋をほかに作ってもらい、ハルカは普段、そちらで過ごしていた。

もちろん、貴族の奥方は子どもを自分で育てたりしない。

そうわかっていたが、せっかく生まれた子どもなのだ。

他人に預けっきりにできなくて、ハルカは初めてのママ体験をしながら頑張っている。

乳母をつけてもらい、大変なところは助けてもらっているから、全部ひとりでやっているママよりは楽なはずだ。しかし、助けてもらってこの大変さなら、ひとりでやっている人はどれぐらい大変なのだろうと思うこともある。

しかも、ハルカはアレクシスの手も借りているのだ。

普通の貴族も聖爵も、間違っても子どものおむつを替えてくれたりしないだろう。

——あ、でもソフィアの旦那さまなら、やるかもしれないわ。

青の聖爵カイルは妻のソフィアに甘い上、自ら動くことを厭わない人だ。

実は、ハルカに子どもができた騒動のあと、ソフィアにも子どもができていたことがわかった。

悪阻《つわり》がほとんどなかったハルカにはわからないが、ソフィアは途中から大変だったらしい。

ハルカの子どもより一ヶ月後に男の子が生まれた報告をもらったので、余裕があるときはママとしての大変さを語り合っている。

さすがに行き来するのは難しいから、

「子どもがもう少し大きくなってから会おうね！」

と電話でやりとりしたばかりだ。

ささいな愚痴の言い合いだけれど、同じような体験をしている友だちがいると言うだけで、心強いのだった。

――ソフィアが友だちでいてくれてよかった……。

女学院でソフィアを同室にしてくれた誰かに――あるいは聖獣レアンディオニスのお導きに感謝してしまう。

しかも、春の祝祭にソフィアが呼んでくれなかったら、ハルカはアレクシスと会うこともなかった。

いまごろは、祖父の命令でグレイグ伯爵を婿にとらされていたのかもしれないのだ。

それを想像しただけで寒気がして、ハルカはぶるりと身震いした。

そこに、カチリ、と扉が開く音が聞こえた。

「あ……」

長椅子から顔を上げ、入り口のほうを見ると、部屋の主アレクシスが帰ってきたところだった。

「あら、スーパーダーリンが帰っていらしたわ」

ハルカは立ちあがり、アレクシスのそばに寄ると、背伸びするようにして、お疲れさまのキスをする。

仕事が終わって帰ってきたときは、そうやってねぎらうのが妻の役割だとアレクシスに教えられたからだ。

夫婦はいっしょにお風呂に入るとか、二人だけの食事のときは妻は夫の膝に乗るとか、アレクシスは夫婦のさまざまな決まり事をハルカに教えてくれた。いくつかは、本当だろうかと怪しんでいるけれど、深く考えないことにしている。

恥ずかしいけれど、それはそれで悪くないと、ハルカも思いはじめているからだ。

「なんだ、それは。また、ハルカは本から変な言葉を仕入れてきたんだろう?」

アレクシスはそう言って、からかうようにハルカの鼻をつまむ。

息苦しいほどではないが、ハルカは鼻の頭に皺を寄せた。

大学は辞めたものの、ハルカが隙を見ては本を読むのをアレクシスは認めてくれている。それでいて、本から新しい言葉を知り、はしゃいで使うハルカをからかうのだ。

「アレクみたいに顔もよくてお金も地位も持っていて、そのくせ、子どもの世話もしちゃうような旦那さまのことを言うんですって!　おかえりなさい、わたしのスーパーダーリン!」

ハルカがそう言ってアレクシスの首に抱きつくと、アレクシスはやっぱりはしゃぐハルカを諌めるように髪をくしゃりとかき混ぜる。

「ただいま、いつも楽しい我がスイートハート」

そんなふうに答えて、アレクシスはハルカの唇にキスを落とす。

スイートハートというのは、旦那さまが大好きな妻に対して呼びかける言葉なのだ。

最近、ハルカはこういう甘ったるい呼び方に嵌まっている。

アレクシスは半ばあきれながらも、ハルカのこんな遊びに付き合ってくれているのだ。

「ん……んんぅ……ちょっ……ンンッ」

口付けが軽い触れ合いから、深くなったところで、ハルカは軽い呻き声を漏らした。

唇が唇の上を蠢くと、ぞわりという、体中が総毛立つような感覚に襲われる。

湧き起こるおののきは、快楽と期待のせいで、怖いからではない。

アレクシスが舌をハルカの口腔に挿し入れると、腰の芯がぞくんと熱く脈動するのがわかった。

その熱を彼はどうやって見透かしているのだろう。

深いキスを続ける一方で、骨張った指が誘うようにハルカの腰を撫でた。

お腹や腰の周りは敏感な性感帯で、何度も撫でられると、官能を昂ぶらされてしまう。アレクシスはハルカの体の弱いところをすべて知っていて、いつだって好きなように攻め立ててくるのだ。

「アレクったら……あまり、誘わないで……」

唇が離れたところで、ハルカは掠れた声を出した。

軽い口付けはいいのだけれど、口腔を侵されてしまうと、欲望に火がつく。

たちが悪いことに、情欲というのは寝不足だったり疲れているときほど減退せずに、より強く激しくなる。

いまも、わずかに体を愛撫されただけで、嬌声が漏れそうになっていた。

これ以上のことをされたら、最後までしてもらわないと、気がすみそうにない。

——だって、ロイを預けたままなのに……ダメよ。

ハルカは真っ赤に染まった顔を、アレクシスから背けた。誘いには乗らないという意思表示のつもりだ。

しかし、アレクシスはハルカの黒髪を掻きあげて、真っ赤になった耳を露わにすると、その耳を唇で弄びはじめた。

「んっ、くすぐった……アレク……やぁんっ」

ハルカが身を捩って逃れようとするのに、アレクシスはくすくす笑いながら、ハルカの耳朶を引っ張り、耳の裏に舌を這わせる。

アレクシスの肉厚の舌が耳裏の敏感なところを舐《ねぶ》ると、まるで未知の生き物の触手に耳を冒されている心地になり、ハルカの体はびくんと大きく震えた。

「だって、こんなに真っ赤になった新妻の耳が妖しく誘ってるんだから、かわいがってやらないわけにいかないだろう?」

そんなわけのわからないことを言って、はむ、とハルカの耳を甘噛みする。

くすぐったいのと、もどかしい痛みとが交互に訪れて、ハルカはたまらずに、甘い声を零した。

「あぁ……んっ、や、だ……アレクってば、もうっ、どうしてそういう人の嫌がることとするのぉ……ひゃ、あぁんっ」

アレクシスのくすくす笑いの振動がくすぐったい。舌が耳殻を辿るのもくすぐったい。

それでいてぞくぞくと性感を昂ぶらされるせいで、ハルカはかくんと腰が抜けるのを感じた。

体がよろめいたところを、腰に回されていたアレクシスの手が支えてくれる。

「おっと……危ない。私の腕のなかに落ちてきてくれると言うことは、もっと激しくしてほしいって意味だろうね?」

「ち、ちが……アレク! もう、わかっているくせに、なんでそう意地悪を言うの⁉」

どうもアレクシスにからかわれると、ハルカはいつも以上にムキになってしまう。

拳を振りあげて怒る振りをしたけれど、本当に怒っているわけではない。

——もぉ……困るんだってば、こういうのは。だって……嫌だけど嫌じゃないから……困るわ。

アレクシスはそんな絶妙なハルカの心の機微を感じとり、本当に嫌がっていることはしないのだ。

だから余計に、嫌がる素振りに真剣さがこもらなくて、結果的にアレクシスの好きにさせられてしまう。いまもそうだ。

アレクシスは力が入らなくなったハルカの体をさっと抱きあげると、鼻歌を歌いながら寝室に歩き出した。

「ロイなら、乳母も侍女も見てくれているから大丈夫。ひとりにしないように頼んできたし、昼間はたくさん遊ばせたし」

アレクシスは一応仕事もしているようだが、ロイのこともよく把握している。

ともすれば、ハルカよりもよくわかっているくらいだ。

どのくらい遊ばせれば夜によく眠るのか、夜中にお乳をあげなくてすむように、お粥をどのくらい食べさせればいいのか。そういうことを自然にわかっていた。

「そりゃあ、姉さんの子のときも妹の子のときも、子守をさせられたからね」

なんて本人は言うのだが、ハルカはいつも驚くばかりだ。

経験値の差はもちろんあるのだろうが、アレクシスはともかく要領がいいのだ。

それで助かっているのだからいいのだけれど、なにもかも敵《かな》わなくて、ときどき悔しくなる。

——わたしがひとりっ子だったからいけないのよ。ロイにはたくさん兄弟を作ってあげて、わたしと同じ思いをさせないんだから！

ハルカがそんな決意をひそかに固めていることさえ、アレクシスは見透かしているのかもしれない。

「まぁ、いいわ……ロイだけでも大変だけど、兄弟の年があまり離れないほうがいいものね！」

抱かれたままアレクシスの首に手を回すと、旦那さまは了承の笑みを浮かべた。

「なるほど、ハルカにとって私は、いまも昔も子どもを作るための道具というわけだな？」

皮肉めいた言葉を吐く旦那さまの微笑みは、とびっきり邪悪で、とびっきり魅惑的だ。

寝室の扉を開けて、そのベッドの上にハルカを放り出すと、アレクシスは身につけていた肩掛けを外し、椅子の背にかけた。

ハルカはアレクシスがボタンを外す仕種を見るのが好きだ。

白い聖職者服の無数にあるボタンの上を、細長い指が器用に動き、前がはだけていく姿を見ると、どきどきしてしまう。

アレクシスの美貌は、子どもの世話で疲れていても変わりない。ランプの灯りしかない薄暗い寝室で見ると、高い鼻梁に翳《かげ》が落ちて、艶っぽさが増す気さえした。

「ハルカ」

前をはだけた格好でベッドのそばに来ると、アレクシスはハルカに背中を向けるように促した。

言われたとおりにすると、ぎしり、と彼が膝を突いて、ベッドが軋む音がする。

告解室の情事に浸っていたときからそうだが、いつのまにか、ふたりきりでいるときに、ハルカのコルセットを脱がせるのはアレクシスの役目になっていた。

身分ある家では、こういうときでも侍女を呼んで、お互いの服を脱がせてもらってから、ことに至るのだろう。

しかし、アレクシスは、ハルカのドレスを脱がせるのを楽しんでいるらしい。

「私がコルセットの紐を解いてあげよう」

と言って、鼻歌交じりにハルカの黒髪に手をかける。まずはハルカの上衣の留め金と格闘しようとばかりに、長い髪を片方の肩に集めるのだ。

ハルカの真っ直ぐな黒髪が好きだとアレクシスが言うから、公式に舞踏会などに出るとき以外は、ハルカは髪を下ろしたままでいる。

ロイに悪戯されると困るから、昼間はシニョンにまとめているときもあるが、いまは下ろしていた。

背中で、コルセットの編み紐をゆるめられると、胸が楽になり、同時に高鳴ってくる。

アレクシスに、こうやって服を脱がせてもらう時間も、ハルカは好きだ。

結婚する前の情事は、背徳のよろこびに浸り、ある意味、ハルカは自分の境遇に酔っていた。

祖父からもたらされる見合い相手と結婚させられる自分が嫌で、そこから抜け出したくて、その不遇を嘆きながら、そんな自分につきあわされるアレクシスに申し訳ないと思っていた。

自分を悲劇のヒロインに見立てて、その不幸を楽しんでいたのだ。背徳の喜びと同じくらい。

でもいまは違う。

悲劇のヒロインも悪くなかったが、しあわせな若奥さまというのはもっといい。

子どもを挟んでの食事も楽しいのだが、ふたりだけの時間が欲しいときもあるのだ。

ロイができる前に抱かれていたときと違い、夫婦になってからの営みは、アレクシスを独占してふたりだけで過ごす、貴重な時間になっていた。

「ロイがいると、アレクをとられてしまうんだもの……」

むしろこういうのは、旦那さまが言う台詞だと思っていたが、ハルカとアレクシスでは、アレクのほうが子どもの世話が上手い。ときにはロイのほうもそれを見越して、ハルカよりアレクシスのほうへ行ってしまうことがあるのだ。

いっしょにいる時間はハルカのほうが長いのに、なんだか納得がいかない。

「なんだ、それは……ハルカはロイに嫉妬してるのか？」

ハルカの上衣を脱がせ、ゆるめたコルセットから双丘を露わにしながら、アレクシスはハルカのうなじにチュッと口付けた。

いつだってアレクシスのキスは甘い。

うなじや耳の裏といった、普段は髪に隠された場所にキスされると、それだけでハルカが感じてしまうのを、よく知っているのだ。

スカートのリボンを外し、ペチコートの腰紐を引っ張る手つきも慣れている。

会話をしてハルカに愛撫しながら脱がせるなんて、器用だと思う。

もっともアレクシスは、なにをやらせても要領がいいから、女性の服を脱がせることにだけ慣れているわけではないと、いまはよくわかっていた。

自分の白い上着を椅子に放り投げ、ズロースだけを身につけたハルカをベッドに押し倒す。

「なんだか……新鮮だわ」

ハルカは覆い被さるアレクシスの首に手を回しながら、思わず呟いた。

「なにが？」

アレクシスはまだ身につけていたシャツのボタンをもどかしそうに外しながら、ややぶっきらぼうに問いかける。

ハルカが首に手を回しているからシャツを脱ぎにくいのだと気づいて、ハルカはアレクシスのシャツを肩から脱がせていった。

「だってアレクとは告解室とかバスのなかとか、あ、汽車のなかでもあったわ……だからちゃんと寝室で抱かれると、新鮮な気がしてしまうのね」

ハルカは当初、知らなかったけれど、結婚式を挙げての初夜を迎える場合、普通は寝室で抱かれるものらしい。

冷静に考えてみれば、そのとおりなのだが、なにも知らなかったハルカは、アレクシスの口車に乗って浴室で抱かれてしまった。

それが最初だったし、秘密の関係なのだからと、告解室で抱かれることを不思議に思ったことはなかった。

おかげでいまは、寝室のベッドで押し倒されるのを、逆に新鮮に感じてしまうのだ。

「告解室で抱かれたいというなら、いまからお連れしようか、マイスイートハート？」

「え、いえ……い、いいわ。遠慮させていただきますわ、聖爵猊下。お気遣いには感謝いたしますけれども」

そんなやりとりのあとで、アレクシスは胸を隠していたハルカの手を開かせ、ちゅっと膨らみにキスをする。

アレクシスはよくこんなふうにもったいつけた物言いをするから、ハルカも気取った答えを返す。

夫婦になってからも、こういう機知に富んだ会話ができるから、アレクシスといるのは楽しいのだ。

祖父が選んだ見合い相手は、その誰も、こんなふうにハルカに話しかけた人はいなかった。

祖父がいる場でのお見合いだったから、言葉だけは丁寧に話しかけられていたが、その実、ハルカのことを子どもだと思い、あるいは女だと思って蔑《さげす》んでいる人ばかりだった。

ハルカに求められていたのは、『まぁ、素敵ですわね』とか、『素晴らしい偉業ですわ』とか、相手を褒《ほ》め称《たた》える言葉か、『はい』か『いいえ』だけ。

会話が弾むようなやりとりはしてはいけない。

なぜか祖父は、そう押しつけてくるような貴族ばかり、お見合い相手に選んできたのだ。

でも、アレクシスは違う。

ハルカのことを尊重してくれるから、ハルカもアレクシスの希望を叶えるのにやぶさかではない。

「ん……あぁ……アレク……」

膨らみに触れた唇が、胸を吸い上げ、赤紫の痣《あざ》を刻むと、その鋭い刺激を感じて、体の奥で欲望が鎌首をもたげる。

脚に脚を絡め、アレクシスの手が、腰を撫でる手つきに、ハルカは身悶えた。

「ベッドの上が新鮮だなんて……じゃあ、ベッドの上でしかできないことをしようか？」

低い声が嗜虐的な響きを帯びて、ハルカの耳朶を揺らす。

危険な兆候だとわかっていたが、捕食動物のように欲望を露わにしたアレクシスも魅惑的だ。

だから、ハルカは小さく首肯するだけで、抵抗しなかった。

ズロースを剥かれて、生まれたままの姿になったハルカの膝をアレクシスが開く。

確かにこの格好は、浴室では無理だし、狭い告解室ではもっと無理だ。

——なにを……されてしまうのかしら……。

自分の膝の向こうに、アレクシスの獰猛《どうもう》な微笑みが見えるだけでドキドキしてしまう。

淫らな格好をさせられて心臓が高鳴っていたが、自分では見られない場所をアレクシスに見られているというのも、官能を昂ぶらせる刺激になっていた。

——ダメ、見てられない……。

期待と不安が入り混じり、ハルカが目をぎゅっと瞑ったところで、淫唇にぬるりという感触が走った。

「ひゃ、あぁん……ッ！　あっ、あぁ……――」

期待していた分、与えられた刺激をやけに鋭敏に感じてしまった。

甲高い嬌声をあげて、びくびくと裸体が跳ねる。

濡れそぼった割れ目を柔らかいものでつつかれると、震えあがるような快楽がぞくぞくと背筋に走った。

「な、にそれ……あぁんっ……あっあっ、そこ、ダメぇ……ッ！」

鼻にかかった声をあげて、たまらずに身をくねらせた。

その淫らな動きが、アレクシスを誘う扇情さを漂わせているとは、ハルカ自身、夢にも思っていない。

見知らぬ生き物に触れられている感覚がハルカの全身を侵して、息が荒く乱れた。

アレクシスの舌に触れられたのだとは、すぐにわかった。しかし、舌が淫唇で蠢くのが、こんなにも快楽を呼び覚ますものだとは知らなかったのだ。

「いい啼《な》き声だ……もっとその声を聞かせて、ハルカ――んっ」

「ひゃう！　……あっ、あっ……や、ぁ……ダメ、それ……あぁんっ」

もっとと言われても、そもそも自分では制御できない。

舌先に割れ目をぬるぬると弄ばれ、快楽で感じる肉芽が膨らんでいたのだろう。そこを突き転がされ、ハルカは背を弓なりにしならせて感じてしまった。早くも軽い絶頂に上り詰めさせられてしまった。

「あぁん……やぁ……アレクぅ……」

久しぶりの情事だからだろう。

快楽で意識がふぅっと途切れ、悲しいわけでもないのに涙が溢れた。

軽い放心状態に陥ったハルカの太腿に、ちゅっとアレクシスがまたキスをする。

唇がふわりと触れて、次に吸いあげて、体の裏側に触れたことを見せつけるように、赤紫の痣を残していくのだ。

もったいつけた手つきで触れられると、それだけで快楽を呼び覚まされる。ハルカの肌が粟立って、愉悦を感じた腰が揺れた。

「うん、こういうのもいいね……ロイがいないところでキミを堪能するのは、私だけの権利だからね」

そんな言葉とともに衣擦れの音がした。

ぼんやりと目を開ければ、アレクシスがトラウザーズを脱いで、なにも身につけていない裸体でハルカにのしかかってきた。

「そう……ね。うん……んっ」

首を伸ばすようにしてキスを受けると、今度のキスは妙な味がした。

多分、アレクシスがハルカの下肢を舐っていたせいなのだろう。

妙な味のキスを受けながら、アレクシスの手がハルカの胸を愛撫する感触に、身が震える。

腋窩から膨らみの先端へとゆっくりと撫でられるうちに、次第に心地よくなり、また官能の波を求める熱が体の奥で蠢きだした。

肌を重ねて抱き合うと、アレクシスの体温をはっきりと感じられる。

体格がいい体は、特に鍛えているわけでもないのに筋肉質で、ハルカが手を回そうとすると上手く抱きしめられなくて、少しだけ悔しい。

素足で素足を絡めると、服を身につけているときとは違う艶めかしい気分にさせられて、ハルカは、はふりと熱っぽい息を漏らした。

「んぁっ、あっあっ……あぁん……そこ、は……あぁっ！」

抱き合いながら尻肉を掴まれると、びくんと身が震えた。

触れたとたんハルカの身体が跳ねると、そこが性感帯だと知られるのだろう。

繰り返し繰り返しアレクシスの手がお尻から腰の敏感なところを撫でるから、ハルカは短い喘ぎ声をひっきりなしにあげる。

上気した肌が熱を帯びて気怠くなり、そこにアレクシスの手が触れると、また熱が呼び覚まされる。

やがてはそんな気怠ささえ陶酔になり、頭の芯がじん、と甘く痺れる。アレクシスの愛撫に肌が蕩かされて、ハルカは愉悦に溺れていった。

そうやって抱き合っているうちに、首筋に唇が触れる。くすぐったさに身悶えたあとで、ハルカははっとアレクシスの胸を抑えて、抵抗を示した。

「ダメ……アレク。首筋に痕があったら、ほかの人に見られてしまうもの……」

首筋は、髪で隠せないこともないが、ロイがいるところでは後ろに結んでおきたい。ただでさえ、ロイはまだ言葉を話せないが、妙なことに興味を持ちはじめている時期で、髪を引っ張られると、とても痛いのだ。

「ほかの人に見せるためにつけるんだよ、こういうのは」

そう言って、抗った仕置きだとばかりに、きゅっと乳頭の括《くび》れを抓む。

愛撫に蕩けたあとで、強い刺激を与えられると、より強く快楽を感じてしまう。赤い蕾から走った快楽が体中を駆け巡り、ハルカはたまらずに嬌声をあげた。

「ひゃあんっ、あぁ……や、ぁ……そこ、あぁんっ――あっあっ」

胸の先を抓まれると、ハルカが弱いと知られているのだ。きゅっきゅっとリズムに合わせて抓まれると、短い嬌声が繰り返しあがる。

ぞくぞくとした愉悦が体の奥底から沸き起こり、ハルカの腰が揺れた。

「したい、ハルカ?」

裸体をくねらせて喘ぐ理由を見透かされて、アレクシスが意地悪な声を発した。

正直に言えば、従うのはむっとさせられるけれど、いまは抗う余裕がなかった。

「欲しい……アレクのが……アレク……おねが、い……」

首筋に抱きついて強請《ねだ》ると、アレクシスはやさしいキスをくれる。

意地悪だけれど、肝心なところではいつもやさしい。

ハルカの大好きな旦那さまは、了承のキスを落としたあとで、膝を抱えて、自らの腰を寄せた。

肉槍が淫唇を貫いて、びくんとハルカの華奢な裸体が跳ねる。

「んっ、あぁぁ……は、ぁ……大き……ひゃ、あ……ッ！」

もうすっかりアレクシスの肉槍の形を覚えているはずなのに、久しぶりだからだろうか。

やけに肉槍が大きく感じる。ずずっと奥に進められるとなおさら、そのみっちりとした感触に、生々しい愉悦が湧き起こった。

「ん……だって、ハルカがかわいらしく喘ぐから、こんなになっちゃった……責任をとってくれるだろう？」

ずずっと奥に挿し入れた肉槍を根元近くまで引き抜かれ、圧迫感がなくなったかと思うと、また奥を突かれる。

肉槍が感じるところを突くと、目の前に星が散る。頭の芯が快楽に蹂躙されて、おかしくなってしまいそうだった。

「ひゃ、うっ、あぁんっ――激し……あぁんっ！」

抽送を速められるとなおさら、体の芯で官能が昂ぶり、ハルカの膣が蠕動《ぜんどう》するのだろう。

アレクシスも珍しく苦悶の声を零した。

「く……ハルカの膣内《なか》が気持ちよすぎて、持っていかれそうだ……あまり、私のこれを締めあげるな、わっ、やめろって――く、う……」

「だって、わからな……あぁっ、あれく、あれくぅ……あっあっ、ダ、メ……なんかわたし、頭が、変になりそう――あぁんっ」

締めつけるなと言われても、ハルカ自身、自分の体をどうしたら、快楽を止められるのかわからない。

肉槍が奥を突きあげて、快楽の火花が散るとそれで十分だと理性は思うのに、体は別なのだ。もっともっとと、獰猛に快楽を求めるハルカも確かにいて、ぞくぞくと湧き起こる快楽に甘く激しく侵されていく。

「あれく、キス……して……」

蕩けそうな心地のなかで、ハルカが辿々しく名前を呼ぶと、アレクシスは乱した息のなかで、くすりと笑う。

そういうときのアレクシスの、熱っぽい吐息のなんと艶めかしいことか。

「んん……あれく……好き。愛、してる……」

体をたたまれるような格好で突きあげられながら、少し無理やりな姿勢でキスが降ってきた。

ちゅっ、ちゅっ、と啄《ついば》むようなキスを繰り返されたあとで、低い声が甘く囁く。

「もちろん、わたしも愛しているよ……ハルカ。かわいくて、淫らなキミは、わたしの世界一の奥さまだ」

——世界一の奥さま。

そんな言葉をかけられて、しあわせな気持ちに満たされるなんて、ハルカ自身、びっくりしてしまう。

なのに、しあわせな気持ちのまま、抽送を速められると、ぞくぞくと快楽の波が昂ぶった。

「あっ、あっ、ンあぁ……あぁんっ——ン、ふ、ぁあ……——ッ！」

子種を体の奥に受けるのに合わせて、絶頂を感じるのも慣れてしまった。

ふたりして快楽の頂点を感じて、同時に体が弛緩していく。

乱れたシーツにくたりと体を預けて、少しの間だけ微睡《まどろ》んでいる時間も悪くないと思えるのだった。

† † †

ゆるゆると、恍惚のなかをたゆとうていたハルカは髪を撫でられる感触に、青灰色の瞳をうっすらと開いた。

「まだ寝ててもいいのに」

「うん……」

のどの奥だけで返事をして、ハルカはアレクシスに身を寄せる。

抱かれたあとで、うつらうつらしながら少しだけ会話をする時間というのも悪くない。久しぶりだから、なおさらだ。

満たされた気分になっていたからこそ、ハルカはアレクシスに聞きたいことがあった。

「ねぇ、アレクはなんでずっと結婚しなかったの……なんでわたしと結婚しようと思ったの？」

それはどんなにしあわせになっても、心の奥底でどうしても消えない疑問だった。

どうしてアレクシスがなかなか結婚できなかったのだろう。

顔もよくて、性格は多少の癖はあるが、それを補ってあまりあるほどの端正な顔立ち。

地位もお金も持っているし、結婚相手としては申し分ないと思うのだ。

「んー？　ずっと結婚しなかったのは……好きになれそうな人がいなかったからだな。あまり女性から追いかけ回されるのは好きじゃなかったし……」

「ふぅん？」

それはつまり、初めて会ったときに、ハルカのほうからアレクシスに秋波《しゅうは》を送らなかったのが、よかったということだろうか。

「なんだ？　なにか気になることでも誰かに言われたのか？」

アレクシスの指先がまたハルカの黒髪を撫でる。ゆるやかな動きは眠りを誘うようだ。

それでもハルカは、いまならアレクシスが本当のことを言ってくれる気がして、必死で意識を繋《つな》ぎとめていた。

「そんなんじゃなくて……だって、いまでも不思議なんだもの……なんでアレクシスがわたしと結婚してくれたのかって……」

「それは前に言っただろう？　ハルカのことがずっと気になっていたって」

確かに言われたことはある。

でも考えてみると、おかしな言葉なのだ。

「だってセント・カルネアデスで会ったときから気になってたって……おかしいじゃない」

少しだけ、うつらうつらしてしまう。

ハルカの大好きなアレクシスの指先が、あまりにも心地よく髪を撫でるから、どうしても眠りに抗えない。

――わたしもロイといっしょに、昼間、遊びすぎたのかしら……。

体力がない自分が悔しいが、眠りに抗うのは難しい。

半ばをうつつ、半ばを夢に引き裂かれた状態のハルカに、アレクシスの声が響く。

「ハルカは以前に、汽車の事故に遭ったことがあるんじゃないか?」

まるで、誘導するような質問だった。

「……そうね。あれはひどい事故だったわ……」

そういえばそんなこともあったと、ぼんやりと思う。

汽車に乗るたびに、ときおり思い出すことはあったが、ハルカ自身は怪我《けが》をしなかったので、あまり人に話すことはなかった。

祖父にでも知らせたら、汽車に乗るなと言われてしまいそうで、家族にも話したことはない。

「ソフィアがセント・カルネアデスの聖殿に来る、少し前の話だね?」

もう一度確認するように言われて、ハルカは欠伸《あくび》をしながら答えた。

「そうよ……だってあのときは、ソフィアのためにお祖父さまにお願いがあって、フロレンティアに帰省するところだったのだもの……」

カイルに会うために、ソフィアが侍女としてセント・カルネアデスの聖殿に潜りこむ——そのための紹介状をザカリアに書いてもらうためだった。

白の聖爵の紹介状は霊験あらたかだったらしく、ソフィアは素性を疑われることなく、カイルと再会できた。

それから簡単には説明できない色々なやりとりがあった果てに、ソフィアは無事に、初恋の相手――カイルと結婚できたのだ。

ハルカも頑張って骨を折った甲斐《かい》があったというものだった。

「なるほどね。それであの短期間に都合よく、聖エルモ女学院の女学生とふたりも出会っていたのか」

なにがなんだかわからないが、アレクシスは納得がいったらしい。

――わたしはまだ納得できていないんですけど……。

むずかるような子どもじみたハルカが顔を出して、眠りに落ちては駄目と訴える。

なのに、ダメなのだ。

眠たくて眠たくて、どうしても睫毛が重たくなってしまう。

「セント・カルネアデスの聖殿で会ったときに、どこかで見たような気がしたんだ。キミのこと。そう言ったらキミは、冗談だと思っていたようだけど……」

ハルカの髪を撫でながらのアレクシスの独白は、ハルカの耳にはもう子守歌にしか聞こえなかった。

――だって『キミ、どこかで会ったかな?』なんて言葉、どう考えても、女の子を引っかけるための都合のいい台詞じゃないの……。

そう思ったのを最後に、ハルカの意識は夢のなかに落ちてしまった。

「あの事故のとき、私はハルカに助けてもらったんだよ。キミは覚えていなかったようだけど」

くすくす笑いながら言われた言葉を、朝になってからもう一度言われ、初めてハルカは知るのだった。

† † †

あれは三年ほど前だろうか。

アレクシスが汽車に乗って、セレスの聖殿に戻ろうとしていたときのことだ。

汽車が停まっているなと、突然気づき、人々のざわめきを追いかけて外に出たのだ。

「なんだ。羊の群れが線路を塞いでいるのか」

理由がわかってみれば、なんということがなかった。

さっき警笛が何回も聞こえていたのは、羊たちを蹴散らすためで、それが無理だとわかったから、汽車は停まってしまったのだ。

真っ直ぐな線路だったから、見通しがよくてよかったのだろう。

もともと、放牧をしている野原に線路を通しているから、こういうことは以前からもよくあった。

周りにいる客も、諦めて汽車を降り、羊が移動するのを暇つぶしに眺めている。

機関士と機関助手だけは、羊を線路からどかそうと奮闘していたが、動物の扱いに慣れていないのだろうか。あまり成功してはいなかった。

その間も、蒸気機関の煙突からは煙が出ていたから、風が吹いたところで、アレクシスは思いっきり目に煙を受けてしまった。

「いてて……しまった……――ッ！」

思わずよろめいて車体に手をついたところで、それは起きた。

ドーンという轟音《ごうおん》がして、ものすごい熱やなにか硬いものが足に当たったのだ。

目を開けようとしたが、まだ痛みが激しくて、涙が溢れるばかりだ。

「爆発が起きたのか……？　なにが、起きて……うっ……」

アレクシスはよろめいて、車体から少し離れたところで躓《つまず》いてしまった。

それで九死に一生を得た。

もう一度、爆発音がして、今度もまたなにかいろんなものが飛んできた。なにか大変なことが起きたことだけはわかったが、目が開かなくて詳細がわからない。

無理して開こうとしたが、熱気が凄《すご》くて、また目が痛くなるばかりだ。

しかし、地面にうつぶせになっていたおかげで、あまり爆発の直撃を浴びずにすんだらしい。

転んだ衝撃だけはあったが、どうにか立ち上がることはできた。さいわい、体に大きな怪我はないようだった。

「なにが……起きたのだ？」

アレクシスは聖爵として様々な事態に遭遇してきたが、こんな事故は初めてだ。

しかも間が悪いことに目を痛めてしまったらしい。これは危険な状態ではないかと、珍しく危機感を覚えていた。

旅をしている間は、貴族が身に纏うような黒の三《み》つ揃《ぞろ》いを着ている。

一等客車がとれなかったこともあり、目立たない格好で一般の客に紛れていた。

いつもなら、一等客車がとれるまで日延べするのだが、このときはなぜか、早く帰りたかったのだ。

しかし、それが仇になった。

とりあえず爆発があった場所から離れたいが、どちらに向かえば安全なのか、その方向がわからない。

どうしようかと思っているところに、涼やかな声をかけられた。

「……大丈夫ですか？　どこか苦しいんですか？」

理知的な物言いだが、まだ若い娘の声だ。

そう判断して、そういえば、制服姿の娘を見かけたことをぼんやりと思い出す。

聖エルモ女学院の制服は知識として知っていたから、ずいぶん遠方から来たのだなと思っただけで、どんな娘かはよく覚えていない。

しかし、よろめいたところを支えてくれた感触からすると、想像していた制服を着ているのは確認できた。

「なにが起きたんだ……？　どこが爆発したんだ？　線路か？」

聖ロベリア公国はおおむね平和だったが、その外では戦闘がなかったわけでもない。

どこかの争いに巻きこまれて、汽車を狙われたのではないか。

それがアレクシスが真っ先に考えたことだった。

「いいえ……機関車が……なんでしょう？　たくさん管が出て、おかしなことになってるんです。多分、機関車が爆発したんだと思います」

娘の言葉からはとまどいが感じられたから、それは真実だろうと思う。

「目を怪我したんですか？　血は流れてないようですけど……水を持ってますから、横になってください。洗ったほうがいいかも」

娘の言いなりになって、線路端らしきところで膝枕をされた。

水筒を開くからからという音に続き、水音がする。

そのときになって、水はとっておいたほうがいいのではないかと気づいた。

「おい、水はいい。いつ助けが来るかわからないのなら、自分のためにとっておけ」

親切はありがたかったが、見知らぬものには過分だと思い、ついいつもの偉そうな口調になっていた。

「まぁ……」

と、爆発が起きたあとにしては、ずいぶんとおっとりとした声がする。

聖エルモ女学院の女学生ならさもありなん。

上流階級の娘ばかりを集め、絶海の孤島で教育を受けているせいで、どこか俗世離れしているのだろうと察した。

「大丈夫ですよ。さっき車窓を眺めているときに、小川が見えました。多分、近くに川があるはずだから、水は大丈夫だと思います」

「なるほど」

そんなやりとりのあとで、濡らした手巾を目の上にかけられたけれど、痛みは簡単に引かなかった。

――このまま失明してしまうかもしれない。

煙を浴びただけならまだしも、熱い蒸気のなかで目を開こうとしたのが、よくなかったのかもしれない。

ぐるぐると不安なことばかり考えていると、娘は静かな声で聖典の一節を呟いた。

「――『不安はいまは忘れなさい。いまのあなたに必要なのは安らかな眠りだけ……。

夢にたゆたう時間は、聖獣レアンディオニスからの贈り物。

決して邪悪なものではありません……』」

そんな譫うような声に導かれ、うつらうつらしてしまった。

多分、事故の衝撃で体が休息を求めていたせいだろう。あるいは、無理して市都セレスに戻ろうとしたせいで、珍しく疲れていたのかもしれない。

ともかくそのとき、アレクシスは深く眠ってしまい、目が醒《さ》めたときには病院のベッドにいた。

大丈夫だと思ったのは気のせいで、肋骨《ろっこつ》が折れていたのだと言う。

ちょうど祝祭の準備に奔走していたあとだから、自分で思うよりずっと疲れていたようで、頭が回っていなかったのだ。

怪我が直るより早く目が見えるようになったが、それからしばらくは仕事の無理はしなかった。さらには、怪我を口実にセレスの聖殿を留守にして、セント・カルネアデスに入り浸っていた。

法王猊下からセント・カルネアデスの様子を見るように言われていたこともあるが、怪我で休んでみて初めて、聖爵ひとりいなくても、聖殿というのはなんとかなると知ったせいもあった。

元気になってきたころ、セント・カルネアデスでひとりの少女と会った。

話しぶりのおっとりとした娘で、どことなく、汽車の事故のとき助けてくれた娘と話し方が似ている。

しかし、その娘はカイルの妻で、どんなに誘いかけても、アレクシスのほうに靡《なび》いてこない。あきらめて、カイルとの結婚を祝福してやったあとで、ずいぶん経ってから、ハルカと会ったのだ。

ハルカが制服姿でセント・カルネアデスの聖殿の執務室に入ってきたとき、「あっ」と思った。

声を聞いて、ますます確信した。

――ソフィアじゃない。この娘だ。

おぼろげな記憶が一気によみがえり、助けてくれた娘ではないかと考えた。

そうはいっても、アレクシス自身、助けてくれた娘に恋心を抱いていたとか、そういう単純な話ではなかった。

しかし、

『まぁ、いやですわ……猊下。陳腐な台詞にもほどがありませんか。それにわ、わたくし、結婚は子どもができてからしようと思ってますの』

そんな言葉を聞かされ、好奇心が疼いた。

――子どもができてから結婚したいなんて……訳ありの令嬢なのか？

ハルカが上流階級の娘であることは、その立ち居振る舞いでわかる。

なのに、婚前交渉を匂わせるなんて奇妙だと思い、興味をそそられたのだ。

『いやぁ、結婚を決める瞬間なんて実は陳腐なくらいでちょうどいいと思わないか？　見合い結婚だって、写真や絵姿を見ただけで決まっていた婚約者だって、似たようなものじゃないか』

自分で言いながら、自分の言葉に心を動かされていた。

どことなく、自分でも明確に意識することなく、アレクシスはそう思っていたのだ。

――もし、事故のときに助けてくれた娘と再会することがあったら、その娘と結婚しよう。

だから、ハルカに求婚した。

それが白の聖爵の孫娘だとは知らないまま――。

「だからキミと結婚したのは運命だったんだと思うんだよ……ハルカ」

そんな言葉を呟いたアレクシスは、すぅすぅと寝息を立てはじめた妻の唇にやさしく口付けた。

当然のように、ハルカがその言葉を知る由もなかった。

# エピローグ　ふたりのイクメンパパとママたちのガールズトーク

子育ては未知の勉強をしているようなものだ。

実家から逃れるように勉強に没頭してきたハルカには、知らないことの連続で、ロイには教えられてばかりいる。

毎日、新しい騒動が起きては慌てふためき、大変には違いないが、子どもが予想外の成長を見せるのはうれしい。

驚くこと続きなのだが、それはそれで、楽しい。

自分がこんなことを楽しいと思えるなんて、結婚を嫌がっていたときのハルカには、想像もつかなかった。

「わたし、本当はね。聖殿の女司祭にでもなって一生独身を貫こうかと思っていたこともあったの……」

「ハルカ……お見合い相手のことを嫌がっていたものね。わかるわ」

ソフィアは自分の子どものオリヴァーが腕から抜け出しそうになるのを、必死で捕まえながら答えた。

しかし結局、オリヴァーは芝生をハイハイして、ハルカとソフィアが座る白い円卓から離れ、父親であるカイルに拾いあげられてしまう。

「おっ、おい……暴れるな、オリヴァー!」

青の聖爵カイルは、アレクシスほどは子どもの扱いに慣れていないようで、おっかなびっくり腕に抱きあげている。

パパふたりが子どもを抱えている姿というのは、奇妙な光景ではある。

しかも、ふたりとも聖爵という高い身分にあるのだから、その奇妙さもひとしおだ。

「ふたりのこの姿を写真に撮って、飾っておきたいわ……」

「本当ね。新聞の一面にでもしたら、さぞ物議を醸し出すでしょうね!」

ハルカの言葉に、ソフィアが絶妙のタイミングで同意してくれる。

この打って響くようなやりとりが懐かしくて、ハルカはじんわりと心が温かくなるのを感じた。

今日、ハルカはアレクシスといっしょに、セント・カルネアデスの聖殿に遊びに来ている。

もちろん、ロイを連れて、だ。

ロイの成長が早いこともあり、汽車に乗っての移動もできるようになった一方で、目が離せなくて困る。

大きな駅を見てロイは大はしゃぎだったから、夜は知恵熱でも出さないかと、いまからひやひやしているところだ。

でもいまは、アレクシスの腕に抱かれて、同じようにカイルの腕に抱かれているソフィアの子どもと、なにやら大人にはわからない言葉で会話していた。

「あーあーうあーあっあっ」

「うあーるーるー、むぅ、あうー」

という感じだ。正直、ハルカには、まったくなにを言っているのかわからない。

しかし、アレクシスはどうやらだいたいのことを理解しているようで、ふたりの幼児の会話に、ときおり相槌を打っている。

「そうか、そうか。オリヴァーはカイルに抱っこされてご機嫌なのか」

「るーるー！」

「んーよかったな」

そんなふうに言って、指先をオリヴァーに握らせて、ぶんぶんと振り回されるのに任せている。

言うまでもないが、オリヴァーというのは、ソフィアとカイルの息子だ。

女の子だったらロイと結婚させるのもいいな――なんて夢見ていたのは、駄目になってしまったけれど、いいお友だちができてよかった。

満足そうにしているロイを見ていると、同じ年頃の友だちがいるのも悪くないと思える。

「おまえ……よくオリヴァーの言っていることがわかるな……」

違和感なく幼児と会話しているアレクシスを目の当たりにして、カイルは目を瞠って驚いていた。

その気持ちは、ハルカもよくわかる。

「本当に……なんでわかるのかしら……」

玩具を振り回されて「あーうー」と叫ばれれば、さすがに遊びたいのだろうとわかる。しかし、アレクシスは、もう少し複雑なロイの言葉を理解しているようなのだ。

母親としての劣等感を刺激されてしまうのだが、最近は少し諦めがちだ。

「ソフィアもカイルもわからないんだから、むしろわかるアレクがおかしいのよね……」

ため息をひとつ零して、ハルカはお茶のカップに口をつけた。

セント・カルネアデスの奥庭は、初めてアレクシスとキスをした思い出の場所だ。

いま、ガーデンテーブルが置かれた場所からも、四阿の丸天井が緑の向こうに見えている。

春が来て、ライラックの紫の花が咲くたびに、ハルカはあのキスを思い出すのだろう。

さわやかな風が吹いて、鐘の音が鳴って、ハルカの運命を変えてしまったキスのことを。

「おや、私の奥さまはロイと私の仲がよくて妬《や》いているんだな……ほら、ロイ。お母さまをいい子いい子してご機嫌をとってこい」

そう言ってアレクシスは自分の手でロイの腕を動かして、小さな手でハルカの頬を撫でた。

「まー？　あんよ？」

ロイが『まー』と言うのは、ハルカのことだ。『あんよ』というのは、お散歩に連れ出すときにいつもそう言っているからで、つまりロイはアレクシスに言われて、ハルカをお散歩に誘ったつもりらしい。

小さな手が頬に触れるのがくすぐったい。

たまりかねて笑い出したハルカを見て、アレクシスがしてやったりの笑みを浮かべる。

「もう、アレクったら……わたしの機嫌をとるのが上手なんだから！」

ハルカが甘えた声を上げると、アレクシスはロイを左手に抱えたまま、破顔したハルカを右手に抱える。

「お褒めいただき光栄の至りです、わが愛しの若奥さま？」

そんな気取った物言いをしながら、ハルカの大好きなアレクシスは、ふたりをぎゅっと抱きしめたのだった。

ハルカとアレクシスの夫婦円満の新生活は、まだはじまったばかり――。

# あとがき

蜜猫文庫さんではお久しぶりです。藍杜雫〔あいもりしずく〕です。わ、忘れられてるかな……（泣）わ、忘れないでいただけるとうれしい。

乙女系小説としては二十一冊目、蜜猫文庫さんでは三冊目の本になります。

前作「聖爵猊下の新妻は離婚しません！」のあとで、ちらほらと「赤の聖爵アレクシスの話も気になる」という声をいただきまして……。

が。いいのか、アレクシス。乙女系小説のヒーローとして許されるのか。と思いつつ、書きました。わけありラブコメです。シリアスに見せかけてラブコメです。大事なことは何回も言います。スパダリラブコメです（笑）

アレクシスは自分ルールで生きている人なのですが、それが他人からは気まぐれに見えてしまう。そんなタイプです。つきあううちに、ただ気まぐれなだけじゃないんだな……ってわかると、とたんに一緒にいるのが楽しくなる人っていませんか。

そんなアレクシスの手管に巻きこまれていくヒロインちゃんなのでした。

ヒロインのハルカは自分ではしっかりしていると思っていても、案外そうでもない。そこをアレクシスが助けてくれるから、ついつい流されてしまう。そんなカップルです。

私はアレクシスみたいななにを考えているかよくわからないタイプ、わりと好きです（笑）

聖域であんなことやそんなことはしてはいけないと禁忌に囚われつつ、禁忌を犯すことに陶酔してしまうヒロインと禁忌なんてお構いなしの聖爵アレクシス。

なんだかんだいってこの二人はお似合いだと思ってます。

漠然と『こんな設定』というのは以前から決まっており、アレクシスとハルカの出会いから書くのが王道なのだよなーと思いつつ、なしくずしに恋に落ちる話もいいな……と思い、こうなりました。

最後のほうでわりと苦労しまして、イラストのウエハラ蜂先生にはご迷惑をおかけしました(汗)

ちょっと胡散くさい(って私が言っていいのか)ヒーローが格好よく、真っ直ぐ黒髪のヒロインがかわいいです。素敵な二人をありがとうございました！　個人的にはモノクルのザカリアが萌えです。

わたついた原稿を辛抱強く待ってくださった担当様。素敵な表紙に仕上げてくださったデザイナー様、いつも本を置いてくださる書店様、扱ってくれる電書ストア様。この本に関わってくださった皆様にお礼申しあげます。いろんな方の手を経て読者様にお届けできてます。

そして手にとってくださった読者様。

告解室で密会を重ねてしまう、危険なようで秘密は別なところに抱く二人の恋。

ひっそりと応援していただければ幸いです。


最近、体力作り中の藍杜雫〔http://aimoriya.com/〕

Mitsuneko Label

蜜猫文庫をお買い上げいただきありがとうございます。
この作品を読んでのご意見・ご感想をお聞かせください。
あて先は下記の通りです。

〒102-0072　東京都千代田区飯田橋 2-7-3
(株)竹書房　蜜猫文庫編集部
藍杜雫先生 / ウエハラ蜂先生

# 聖爵猊下とできちゃった婚!?
## ～これが夫婦円満の秘訣です！～

2018 年 4 月 28 日　初版第 1 刷発行

著　者　藍杜雫　©AIMORI Shizuku 2018

発行者　後藤明信

発行所　株式会社竹書房
〒102-0072 東京都千代田区飯田橋 2-7-3
電話　03(3264)1576(代表)
03(3234)6245(編集部)

デザイン　antenna

印刷所　中央精版印刷株式会社



Printed in JAPAN
ISBN978-4-8019-1447-6　C0193

戦神皇帝の初夜
姫は異教の宴に喘ぐ
藍杜 雫
Illustration DUO BRAND.
声が涸れるまで
喘ぐがいい
異教徒に攫われた過去を持つ王女リヴェラは、幼い頃から不吉だと忌み嫌われ居ない者のように扱われていた。だが大国のアスガルドの皇帝グエンは彼女の前に跪いて求婚し強引に花嫁とする。戦に優れ死神と畏怖されるグエンは意外に快活な性格でリヴェラには優しかった。「もっとかわいい声で啼け。俺の淫らな花嫁」宴の席、各地にある寺院、あるいはサウナの中、あらゆる場所で抱かれ乱れさせられ、悦びを覚えるリヴェラは!?

藍杜 雫
Illustration ウエハラ蜂
聖爵猊下の新妻は離婚しません！
君の体は素直で、
調教のしがいがあるよ
九歳で両親を亡くし、青の聖爵カイルと便宜上の結婚をしたソフィア。十八歳になったら大好きな彼と本当の新婚生活を送るはずがカイルとの離婚の噂が⁉　真相を探るべく侍女として潜入した彼女を、カイルは妻と同じ髪色だと言いながらソフィアだと気付かずに寵愛する。「君があんまりかわいいから手加減してやれそうにない」情熱的に抱かれて悦びを覚えた夜、どこか苦しげな彼に本当のことを告げようとするソフィアだが⁉

すずね凜
Illustration 天路ゆうつづ

# ママになっても溺愛されてます♥

孤独な侯爵と没落令嬢のマリッジロマンス

## 私が守る。私がお前たちを幸せにする

子供は持たないと言うドラクロア侯爵、ジャン＝クロードと恋仲だったリュシエンヌは、ひそかに産んだ彼の子と静かに暮らしていた。だが難病にかかった娘、ニコレットの手術に多額な費用が必要になり再びジャンを訪ねる。彼はリュシエンヌが自分の愛人になることを条件に援助を承知した。「いい声で啼く。もっと聞かせろ」真実を告げられず、もどかしく思うリュシエンヌ。だがニコレットの愛らしさにジャンの態度も軟化し!?

山野辺りり
Illustration ことね壱花

# 侯爵令息は意地っ張りな令嬢をかわいがりたくて仕方ない

## 我慢の限界だ。ここまでされたら踏み止まれない

恋人に裏切られ婚約破棄されたクローディアは、素性を隠し侯爵家で家庭教師として働くことに。生徒のエリノーラは素直で可愛いがその兄シリルは美しいが女たらしだという噂があり、クローディアは警戒する。ある日、元婚約者の無神経な手紙に傷付いたクローディアは酔ってシリルに絡んでしまう。「僕が紳士であることに感謝してほしいね」真摯に慰められ気持ちよくされたクローディアは、酔うたび無意識にシリルを訪ねて!?